光文社文庫

文庫書下ろし

ぶたぶたと秘密のアップルパイ

矢崎存《あり》美《み》

光　文　社

この作品は光文社文庫のために書下ろされました。

目次

キリ番とアップルパイ

「誰にも話せない秘密を、そこにいる店員に話してください」

そう言われて、森泉風子《もりいずみふうこ》は固まった。

あたしの気持ちを、見抜かれてる？

風子は見知らぬ道を歩いていた。秋に引っ越してきて、今は冬になったばかりの街。行ったことがなかった駅の反対側だ。手には、ある喫茶店の名刺を握っている。

これをもらったのは、三日前だ。駅前の喫茶店でお金を払った時。

「あ、キリ番ですね」

レジを担当していた店員の言葉に、風子は驚く。きりばん——といえば、あれしか思い浮かばないが、ここでそれを聞くとは、何と場違いな。

「このレシート番号が下二桁00になっていますよね？」

確認を取るように、その男性店員は風子の目の前にレシートをかざし、末尾に刻まれた数字を指さす。

「はい」

「百人に一人、キリ番をお取りになったお客さまには、コーヒーの無料券を差し上げてるんです」

「そうなんですか」

知らなかった。ポイントカードもない小さなこの喫茶店に、そんなサービスがあったとは。

「あ、でも今日は――」

ふと店員が思いついたように、店内を振り返る。

「お時間ありますか？」

「はい」

時間がある時でないとここには来ない。

「少々お待ちくださぃ。ちょっとだけですから」

あわてて誰かを探すようなそぶりで去っていく。レジも混んでいないので、のんびり待つことにした。

この喫茶店は、今流行《はや》りのカフェでも、欧米式のコーヒーショップでもなく、昔ながらの珈琲専門店だ。一枚板の大きなテーブル、カウンター。地下にあるせいか薄暗く、BGMはクラシック。注文を受けたその場で豆を挽《ひ》き、ゆっくりと一人分ずつドリップする。カウンターの中でコーヒーをいれる店員の流れるような手つきには、いつも感心させられる。

今の時刻は午後四時。客席は三分の一くらい埋まっていた。皆、常連らしく、テーブルでコーヒーを飲みながら本を読んでいたり、カウンターで店員と低い声でおしゃべりしていたりする程度で、とても静かだ。風子はそれが好きだった。あと、禁煙なのもいい。こういう喫茶店で禁煙というのは、とても珍しいのだ。やっていけるのか、と不安になるけれども。

「お待たせしました」

唐突《とうとつ》な声に振り返ると、さっきの店員とは違う中年男性が立っていた。制服ではなく、すっきりとスーツを着こなしている。

「キリ番、おめでとうございます」

何だろう。リクエストとか受けつけているんだろうか。

「特典なんですが、わたしがいる時はちょっと特別なんです」

「そうなんですか？　どうして？」

「一応わたし、ここのオーナーなんで。右京《うきょう》と申します」

考えてみれば、コーヒーの無料券だけでこんなに待たされるのもおかしな話だった。わざわざ彼を呼びに行ったということは、ちゃんと理由があるのだろう。

「特典の選択肢が増えました」

「はい？」

「一つは先ほどの者が言っていたコーヒー無料券。もう一つは、会員制の三号店への特別ご招待券」

「三号店……？」

ここは一号店のはずだ。二号店がある、というのは知っていたが。

「ただし、三号店の会員になるには、条件があります」

オーナーは、にやりと笑った。いたずら好きな子供のような笑みだった。

「誰にも話せない秘密を、そこにいる店員に話してください」


ドキドキした。自分の気持ちを見抜かれてしまったようで。そんなはずはないのだけれども。

そう。風子には秘密がある。誰にも話せない——というか、知られたくないというか。

秘密の内容自体は、本当に大したことない。何でこんなことで悩んでいるんだ、ということ。でも、言えない。知られたくない。カミングアウトする勇気はないのだ。

でも、それをしゃべれだって。それって……どうよ?

「そんなリスクをこちらに課して、その見返りがコーヒー無料券ですか?」

思わず挑戦的な口調になる。三十路《みそじ》女をなめんなよ。

一瞬、オーナーは目を丸くしたが、

「三号店の会員になれますよ?」

すぐに楽しそうに言葉を紡《つむ》ぐ。

「それがわたしの秘密と同等だと?」

「ええ」

そう言って、自信たっぷりな顔で笑う。今時《いまどき》の流行りではなく、あえてこういう喫茶店でやっていこうとするには、かなりの覚悟がいるだろう。しかも、すでに三号店まで出している。よほどのやり手か、あるいは金持ちの道楽か。どちらにしろ、食えない相手ではありそうだ。

「鍵がかかってますから、インターホンで呼び出して、開けてもらってください」

オーナーは三号店の住所が書かれた名刺を手渡しながら、言った。

「別に嘘話してもいいんですから。無理に言わなくたっていいんですよ」

「ええっ?」

さっき「話せ」と言ったくせにっ。何その変わり身の早さ。

「秘密がないって能天気な人もいるでしょうし」

そういう人も珍しいとは思うが。

「お断りしておきますが、会員になったからってコーヒーが安く飲めるとか、もっとすごい特典があるとか、そういうんじゃないんですよ。料金はここと変わらないし、メニューも同じです。デザートなんかは、むしろ少ないかも。そこでしか食べられないものもありますけどね」

それだけ？

「え、会員制なのに……」

「まあ、会員というか、つまり人数制限みたいなもので。その辺の細かいことは、三号店の店員におたずねください」

どこに行っても同じ。だったら、自分の損になるところに行く必要はない――と思ったが、

「どうしてその店であたしの秘密を話さなくちゃならないんですか？」

そうオーナーにたずねると、お決まりのように、彼は言った。

「それは、そこに行けばわかりますよ」

まあ、いい。別に行かなければ秘密を話す必要はないんだから——と思ったはずなのに……どうして自分は、今ここにいるのだろうか。

コーヒー無料券は、使うつもりではいた。どこでも使えるが、三号店では使用期限がある。そのために店の名刺をもらったのだ。でもその期間がたったの三日間というのはどうなの？

慣れない道を住所を頼りに歩くと、一つのビルに行き着いた。ごく普通の、割と新しめのビル。コンクリート打ちっ放しで、細長い。そして、一番上——八階の看板に、あの喫茶店の名前が書いてあった。

本当にここでいいんだろうか。と看板が出ているのにもかかわらず、疑ってしまう。とりあえず、狭い玄関からエレベーターに乗り込み、八階で降りる。

オフィスビルというより、マンションのようだった。ワンフロア、ワンルーム。でも狭い。贅沢《ぜいたく》なようでせせこましいようで——あのオーナーのように、よくわからない。

ドアもあまり店らしくない。ただの金属のドアだ。知らないでこの階に降りても、ここが喫茶店とは誰も思わないだろう。

ちょっと癪《しゃく》だが、オーナーの言うとおりに、インターホンを押す。

ほんの少しの間ののち、

「はい」

そっけないほど簡単な返事。

「あの、一号店でキリ番を取った森泉ですが――」

口に出すと何だか恥ずかしいが、こう言うしかなかった。

「はい、ちょっとお待ちください」

さっきの短い返事ではわからなかったが、けっこう渋めの声がそう言って、ドアがガチャガチャと音を立て、開いた。

わずかに開けられたドアの間からは、一号店とよく似た一枚板のカウンターが見えた。こっちも負けず劣らず、大きく立派だ。ビル街とは思えない日射しが大きな窓から差し込み、磨き込まれたカウンターに反射して、まぶしいくらいだった。

そして、壁に並べられたたくさんのカップ。ここも、他の店と同じに好きなカップでコーヒーが飲めるのだろう。

いや、それはいい。それはあとでも充分観察できることだ。なのに、どうして今丸見えなんだろう。店員は？

中に入って、ドアを閉める。席はカウンターだけのようだ。あとは荷物置き用なのか、長いベンチが壁にそって一つ。

でも、客は他に誰もいない。店員の姿も見えない。だが、湯の沸く音が聞こえていたし、一号店と同じくクラシックのBGMもかかっている。ほのかに甘い香りもしていた。

「あのう……」

声をかけても、しん、と静まりかえっている。

「いらっしゃいませ」

どこからか声がする。きょろきょろと見回すが、声の主は見当たらない。

と思ったら、カウンター内に異物がっ。いつの間にっ。

「お好きな席にどうぞ」

その声は、どう見てもカウンター内にいるピンク色のぶたのぬいぐるみから聞こえていた。……スピーカー？　インターホンのマイク？

「そうは言ってもカウンターしかありませんが」

突き出た鼻がもくもくと動いていた。心なしか、腕も動いたように見えたのは、気のせい？　すごいなあ。今時は声にこんなに反応するんだ。

何となくそんなことを考えながら、姿なき声に促《うなが》され、風子はカウンターの真ん中あたりに座る。狭い店だが、なかなか落ち着く。

カウンター内のぬいぐるみをよく見ると、ピンク色というか、桜色をしていた。微妙な色合いというより、褪《あ》せた感じだった。アンティーク？　大きさはバレーボールくらいで、手足の先と大きな耳の内側に濃いピンク色の布が貼ってある。右耳が少しそっくりかえっていた。使い込まれている——とぬいぐるみに言うのも変だが、何だかそんなふうに見えた。

「ご注文がお決まりでしたら——」

ぬいぐるみが困ったような顔でそう言った。——と自然に思ってしまうのはどうしてだろう。ぬいぐるみだよ。目なんか、黒い小さなビーズ、点目なのだ。それが妙に感情に訴えてくるのはどうしたことだろう。

ここはどこ？　私は誰？　そんな気分になってくる。

コーヒーでも飲んで落ち着こう。風子はカウンターの上に置かれたメニュースタンドを手に取った。

「あの……　〝本日のブレンド〟をください」

「はい、かしこまりました」

その声が合図のように、ぬいぐるみが目の前から消えた。ザラザラと音がするのでカウンター内をのぞくと、ぬいぐるみがコーヒー豆を計量カップの中に入れていた。そこここに置いてあるスツールは何だろう、と思っていたが、ぬいぐるみはそれに飛び乗るようにして別の場所に移動し、そこにある機械に豆を入れた。

ああ、グラインダー——豆をその場で挽いてくれるんだ。カウンターに座ったことがなかったから、その場で挽いているのを見るのは初めてだ。

挽いた豆をカウンター内に置いて、ぬいぐるみはヤカン——注ぎ口が細く伸びているドリップポットを手に取る。うわ、危な——と思わず声が出そうになったが、何だか手慣れていた。取っ手が熱そうだが、天然の鍋つかみみたいなものだから平気か。

ドリッパーにペーパーフィルターを置いて、挽きたてのコーヒーを入れ、温めたサーバーの上に載せた。

「ちょっと失礼します。——よいしょ」

ぬいぐるみは、カウンターの上に仁王立ちになり、自分と同じくらいの大きさのドリップポットを高く捧げ持ち、少しずつ、慎重にお湯を落としていく。足を踏ん張る様《さま》が、まるで重量挙げのようだった。

風子はようやく、このぬいぐるみが生きて動いているものだということがわかってきた。スピーカーでもインターホンでもない。今、自分のためにコーヒーをいれてくれているのだと。

え、いいのかな、手伝ってあげなくて。大変そうなんだけど——と思ったのもつかの間、広がるコーヒーのいい香りに心を奪われる。ドリッパーに落ちていくお湯の細い線に、つい見入ってしまう。

サーバーにたまったコーヒーを、カップに注ぐ。そこまで見守って、あ、カップ選んでない、と思い当たるが、ぬいぐるみが用意したのは、風子が好きな緑色に縁取られたシンプルなカップだった。どこのメーカーだろうか。

「はい、どうぞ」

風子は、目の前のコーヒーをただ見つめる。魔法のように杖でも振っていれられたのならまだ信じられるのだが、これは目の前でごく普通の過程を経て出てきたものなのだ。ポット一つを持つだけでも大変そうなのに、どうしてコーヒーなんていれられるのだろう。

それこそ、魔法のようだった。

「どうされました？」

顔を上げると、ぬいぐるみの心配そうな顔があった。黒い点目はそのままなのだが、なぜかかすかなしわが眉間《みけん》――いや、目間に寄っていて、表情を作っている。

「あの……ここは、何なんですか？」

素直な気持ちを口に出してみる。異世界？　あたし、招喚された？

「あ、ここは、ほんとは一号店と二号店に出すお菓子を作ってるところなんですよ」

しかし返ってきた答えは、思いっきり想像を超えていた。そんなことを聞きたかったわけではなくて！

「あ、あなたは、な……誰なんですか？」

慣れない「あなた」なんて言葉を使った上に、「何」と「誰」をどうするか迷ってしまった。

「わたしはここの店員ですからコーヒーもいれますが、どちらかと言えばお菓子要員でしょうかね」

「お菓子要員……」

パ、パティシエ!?　という単語が浮かんだが、会話が微妙にズレていることがわかって愕然となる。

「けど、うちのお店で出すデザートをご存知なら、どういうものを作っているのかはおわかりだと思いますが」

それは……あまり食べたことはないが、パティシエという名にふさわしいような派手なスイーツではなく、ホームメイド感たっぷりの素朴なケーキやクッキーであることは知っている。

それを、このぬいぐるみが作っているのか……？

「一人で作ってるんですか？」

「いえいえ。もう一人います」

「その人もぬいぐるみなんですか？」

言ってから、しまったと思ったが、取り消しはできない。

「いいえ。普通の人間ですよ」

そんなこと、さも当然、というように、彼は答えた。

本当だろうか。つい疑ってしまう。

「シフトがまちまちだもので、同じ時間にいらしても誰がいるかわからないんですが」

その時、風子ははっと気づく。あのオーナー、まさか——⁉

——「それは、そこに行けばわかりますよ」

しょせんコーヒー無料券一枚のことなのだから、わざわざ期間指定のここへ来る必要も義務もない。ましてや秘密を話せと言われたら、ほとんどの人はここ以外の店に行くだろう。それでも自分のような物好きは訪れるだろうが、来たとしてもこのぬいぐるみに会え

るかどうかはわからない……。

つまり、このぬいぐるみこそ、ここの秘密ということ……？

「あ、ところで——ここにいらしたということは、オーナーからお話、お聞きしています

よね？」

めまいがしてきた。ここまで深入りをしたのなら、答えはわかってるよな——そんな声

が聞こえたような気が……いや、それは目の前のぬいぐるみのものではなく、あのオーナ

ーの——って、声なんかよく憶《おぼ》えていないけど。

「はい……わかってます」

「じゃ、あとで——」

「あのっ」

本当に、今の今まで、話すつもりはなかった。誰にも言えないから秘密なのだ。でも、この場所、このぬいぐるみを相手なら、話せそうな気がする。というより、秘密に秘密を話したところで、それはどこにも漏れないような気がしたから。

ぬいぐるみは、一瞬ひるんだような顔をした。それから、はっと目を見開いた（ような気がする）。

「どうぞ。コーヒー、冷めないうちに」

「あ……」

そうだ、いれてもらっていたのだ。

カップを手に取ると、ふんわりといい香りがする。一口飲めば、ほどよい酸味と苦みのバランスがいいいつものコーヒーと同じ味がした。ここのコーヒーは、飲むと頭がしゃっきりするような気がするから、好きだ。

ただ、ちょっと期待はずれというか——いや、このぬいぐるみにいれてもらったコーヒーなんだから、何か特別な味がするのでは、と思ったのだが……そんなこともなく、本当にいつもの味だ。ここの店員のいれるコーヒーは、味にバラつきがないなあ、と感心する。素人《しろうと》の自分が思うのは生意気すぎるか。

「それでですね――」

「あ、ちょっと待ってください！」

ピンクの手が、自分の前にぴっと突きつけられる。掌《てのひら》を見せられたように思えた。

「あなたも何か打ち明け話をするつもりですか？」

意外な言葉が投げられる。

「別に無理して何か話す必要はないんですよ。オーナーに何を言われたか知りませんけど」

「オーナーが何を言ったか、知らないんですか？」

てっきりすべて承知しているものだとばかり。

「まあ、はっきりとは知りませんけど、だいたいはわかります。あの人は、わたしをダシにして遊んでいるだけのようですからね」

怒っているというより、呆《あき》れているように彼は言う。むっつりと腕を組むと、身体がぎゅっと小さくなって、何だかかわいらしい。カウンター内で仁王立ちしているように見えるので、ちょっとのぞくと、背の高いスツールの上に立っていた。危なっかしい。

「まったく、あの人は大人に言うならまだしも、未成年の高校生にまでこんなことして遊んでるんですからっ」

「そんな子がここに来たんですか？　女子高生？」

「いえ、男子です」

渋めの珈琲専門店に男子高校生とこのぬいぐるみ――つい笑いそうになって、あわててこらえる。

「オーナーとは仲がいいんですか？」

「んー、まあ、友人ではあるんですがねえ――」

その時、インターホンが鳴った。

「あれ？　今週はお客さまだけだったはずなのに――」

一瞬、首を傾《かし》げたが、ああ、今週ここに来るはずの人は風子だけ、ということだとわかった。

え？　ということは、他のお客さんはここに来ないの？

ぬいぐるみは、ドア脇の椅子にのぼって、ドアスコープをのぞいた。点目。ピンポイント。そんな言葉が頭に浮かび、また笑いそうになる。

ドアスコープから目を離したぬいぐるみは、腕を組んで悩んでいるようだったが、結局ドアを開けた。

「ぶたぶたさん……」

入ってきたのは、制服っぽいブレザーを少し着崩したメガネの男の子だった。背が高いが、目が大きくて、かわいらしい顔をしている。

風子はとっさに椅子から降りて、ちょっと隠れた。何となくこの店って、ぬいぐるみが一人でいなきゃいけない気がしたのだ——っていうか、このぬいぐるみは「ぶたぶた」って名前なのか！　すごくぴったりだ。それ以外にもう思いつかないほど。それにびっくりして、見えないところで思う存分考えを巡らせたい、と思ったのかも。

「どうしたんですか？」

「やっぱ俺……言いたくて」

ドア脇に立ち尽くす高校生の男の子と、それを足元から見上げるぶたぶた。何だか絵になる。スケッチしたくなってきた。バッグの中身をごそごそ探っていると、

「そんな……本気にしなくたっていいんですよ」

「でも——何だか言いたくなってきて」

「誰にも言えない秘密だったんでしょう？」

秘密をわざわざ話しに来たのか？

「そうなんですけど……言ってたじゃないですか、ぶたぶたさん。『秘密は抱えてる時間が長いほど重くなる』って」

「でもそれは、友だちとかに聞いてもらった方がいいって――」

「俺はぶたぶたさんに話したいんです！」

ああ、何だか気持ちわかる。ぬいぐるみに独りごと言うしかない淋しい人間みたいだけど、みんな心の中では、彼のようにしゃべってくれたら、と思うはずだ。

「わたしに話したって、何も解決しませんよ」

「そんなの気にしてません」

「あなたが気にしなくても、わたしが気にするんです。こう見えても大人なんですからねっ」

偉そうに胸を張って「大人」を強調する。素晴らしく説得力のないビジュアルだけれども、一応そうなのか――。

って、納得できるかーい！　とカウンターをひっくり返したい気分になったが、男の子も同じだったのか、

「俺の方が大きいですけど――」

と突っ込んでいる。

「まあ、たいていの人はわたしより大きいですね」

さらりとかわされる。さすが、と思った。やっぱ大人？

「変な暗示にほだされて、打ち明け話なんかしなくていいんですからね」

「いえ、やっぱり言いたいです。そんな大した秘密じゃないし」

「人が『大したことない』って思うことほど大したことあるって言いますけど」

ぬいぐるみが静かに言う。慈悲深い声のようにも聞こえた。

「……そういうもんですか？」

「悩みって、たいてい『大したことない』って思ってるうちにどんどん大きくなるものです。本当に言えなくなる前に言っておいた方がいい――ってあれ⁉」

ぶたぶたが自分の発言にあわてている。

「いやっ、別にっ、やっぱり言わなくていいです！　あっ、友だちにならっ、いいと思いますよ！」

「じゃー、友だちになってください、ぶたぶたさん！」

「えっ⁉」

「友だちになら言ってもいいんでしょ。だったら、ぶたぶたさんと俺が友だちになればオッケーってことじゃん！　だから、友だちになりましょう、ぶたぶたさん」

風子は、耐えきれず笑い出した。ぎょっとしたのは男の子の方だ。他に客がいたとは思わなかったのだろう。カウンターの下で腹を抱えて笑っている女を、口を開けて見つめている。

「と、友だちになってあげたら？　ぶたぶたさん――」

笑いで途切れ途切れになりながら、風子は言った。

結局、彼――小野寺悠《ゆう》と名乗った男の子と並んでカウンターに座り直す。悠はコーヒーを、風子は紅茶を追加した。

「紅茶もね、ここではけっこう出すんです。まあ、店のようで店ではないという感じですから」

ティーポットの中の茶葉をお湯で踊らせながら、ぶたぶたは言う。

「そうなんですかー」

風子は微妙な空気を変えたかった。さっき、隠れなきゃよかった、と思っていた。言う気満々だった少年が、隣で意気消沈している。幸いだったのは、彼が秘密を先走って言わなかったことだ。ここで風子に聞かれていたら、それこそ立ち直れなかっただろう。

話題話題——と探していると、彼の服に目が行く。

「あ、その制服——」

この近くにある男子校のものだ。けっこう有名な進学校。

「知ってるんですか？」

「ああ、うん、まあ」

一応、そういうのは資料としてね。

「一年生？」

「そうです」

とすると、歳《とし》は十五か十六。やだなあ、はたち前後で子供を産んでいたりしたら、これくらいの子供がいてもおかしくない歳なんだ、あたし。

悠は出されたコーヒーを一口飲んで、ちょっと笑った。

「やっぱおいしい……」

ぶたぶたの顔もほころび、風子も空気が少し変わったことを感じた。

その時突然、悠が風子に向き直った。

「あの……森泉さんって、もしかして」

「え？」

「『突撃シンドローム！』の森泉風子さん……？」

「あっ――！」

そうだ、さっきあわててフルネームを名乗っていた。こういう時、本名ってちょっとめんどくさい……。

「そうです……」

嘘をついてもしょうがないし。

「えー、俺ファンなんですよー！　小説も面白いけど、森泉さんのイラストも好きで！　さっきからずっと考えてたんです。同姓同名の別人だったらどうしよう、とか、言われるのいやかな、とか」

「何だ、そんなこと考えてたの……」

ぶたぶたが風子と同じ気持ちをぼそっとつぶやく。

「え、イラストレーターさんなんですか？」

しかし、立ち直りはぶたぶたの方が早かった。

「そうです。今、小野寺くんが言ってた『突撃シンドローム！』っていうライトノベルシリーズのイラストを、あたしずっと描いてるんです」

二年くらい関わっているだろうか。男子中高生をターゲットにしている小説だから、まさに悠は読者ど真ん中だ。

「面白いんですよー、ぶたぶたさん」

そう言われると、自分が作者じゃなくてもうれしい。

「へえー、どんなお話なんですか？」

「あ、近未来を舞台にしたアクションものです」

危険なことに首を突っ込まずにいられない、というやっかいな病に冒されたヒロインと、その病に振り回される周囲の人々と事件を描いた快作だ。作者は伊万里《いまり》ただし。現在アニメ化に向けて進行中。これも口外はできないけれど、そのうち発表されるから、秘密とは違う。

「最新刊では〝病〟が感染するってわかって、わくわくしましたー」

「伊万里さんに伝えとくよ」

「わー、なんかすごいなあ！　こんなところでミユを描いてる森泉さんに会えるなんてー！」

「ミユ？」

ぶたぶただけが一人、わけがわからないという顔をしている。無理もないけど。

「主人公の名前です。儚田《はかなだ》ミユ。儚いに田んぼの田って名字なんです」

「へー、珍しい名前ですね」

いや、「山崎ぶたぶた」という世にも珍しい名前を持っているあんたの方が勝ってるって。

「僕、そんなにライトノベルって読まないんですけど、これは最近のお気に入りで」

「本は好きなの？」

「好きです。何でも読みますよ」

ああ、そんな雰囲気ある。一年後には生徒会長とかやってそうだ。いい感じ。

「ぶたぶたさんは読書するんですか？」

「ライトノベルはほとんど読んだことないけど、本はよく読みますよ」

「へー、最近読んだのは?」

「あ、ちょっと待って」

突然ぶたぶたがピンクの手をまた差し出した。どうやら制止をしているらしい。

「せっかくだから、お菓子をごちそうしますよ。ここは会員制とは言っても、大した特典はないんですが、一つだけ、ここでしか食べられないお菓子があるんです」

そう言ってぶたぶたは奥に引っ込み、大きな皿を持って出てきた。きつね色をした見事なパイが載っている。

「ぶたぶたさんが焼いたんですか?」

「ええ、そうですよ」

何でもできるなあ、このぬいぐるみは。自分を間違ってオーブンに入れてしまったりはしないんだろうか。

「特製のアップルパイです。さっき焼き上がったばかりですんで、アイスを載せてもいいですが、とりあえずそのままで――」

手際よく風子と悠に切り分ける。皿に載ったそのアップルパイには、カスタードクリームのようなものがかかっていた。

「このソースは、中からこぼれたものです」

「え、こんなにゆるいんですか？」

「そうです」

「焼いてあるんですよね？」

「ええ、生じゃないですよ。小野寺さん、甘いものは平気でしたっけ？」

「けっこう好きですけど……」

悠はそう言って、フォークをパイ皮に刺した。さくっというか、ぱりっというか、本当に軽い音が響く。切り口から、さいの目に切られたリンゴがこぼれ落ちた。

「いただきます」

風子と悠はそうぶたぶたに言って、パイを口に入れた。

「……うまっ」

とたんに悠がつぶやく。風子は言葉も出ない。しゃっきりと新鮮な部分と火が通って柔らかく甘い部分が同居しているリンゴ、さらさらとしたカスタードソース、そして薄くほろほろのパイ生地がとろけて一瞬でなくなっていくようだった。こんなアップルパイ、食べたことがない。

「中身がこうなんで、三日以上もたないんです。しぼんじゃうし、生地がぐずぐずになっちゃうから」

「だから、三日なんですか、期間が」

「そうです」

「あ、俺、この間は食べなかった……」

悠が嘆いているような声を出す。

「すみません、無駄になっちゃいましたか？」

「いえ、大丈夫。三日目の夜に残ってると、オーナーが全部食べちゃいますから」

「残ることも多いんですか？」

「そうですね。たいてい残りますよ。そんなにここに来るお客さんって、いないですからね」

暗に「物好き」と言われているような気分だ。まあ、そのとおりなので、反論はしないけれども。

「だから、オーナーのために作ってるようなものですね、これは」

ぱくぱくとたいらげてしまった悠が、じっと皿を見つめている。

「もう一切れ、召し上がりますか？」

「いいんですか？」

風子もうんうんとうなずく。あのオーナーのために残しておかなくてもいいだろう。

「電話してくれれば、今度から作っておきますよ。お代はいただきますが」

「え、ほんとですか!?」

何だか悠が妙に喜んでいる。そんなに甘いものが好きなんだろうか。

「持ち帰ってもいいですか？」

「いいですけど、ここの特典の一つとして、一応一人だけお連れさまＯＫなんです。ごちそうしたいとお思いなら、店にいらしていただいてもかまいませんよ」

「連れてきてもいいんだ……」

「連れてきたい人、いるの？」

風子の質問に、悠はあわてて向き直り、

「いやっ、そんな……！」

と真っ赤な顔で首を振る。わかりやすい。若いなあ。彼の秘密って、もしかして恋愛絡みだろうか。

そのあとは、コーヒーを飲み、パイを食べつつ、三人で和《なご》やかに本談義に花を咲かせた。穏やかな昼下がり。他の客はいない。というより来ない。ここは会員制の喫茶店。ここの客になるための条件をすっかり忘れて和んでしまった。

別に誰も言い出さなかったし、言うことに少しだけこだわっていた風子も、おいしいものを食べて何だか気持ちが落ち着いてしまった。意気込んでいた悠も、多分同じだろう。きっと誰かをここに連れてこようとしている彼は、今はそのことで頭がいっぱいのようだった。

「ごちそうさま。もうそろそろ帰りますね」

風子がそう言うと、つられるように悠も立ち上がる。

「あ、ちょっとお待ちください。鍵、いりますか？」

「え？　どこの？」

二人同時に振り返る。

「ここのです。いつも閉まってますけど、鍵があればいつでも来られるので。もちろん、営業時間外は別の鍵を閉めてしまいますけどね。ちなみに、この鍵はわたしじゃないと渡せない鍵で、わたしのいる時にしか入れない鍵なんです」

さっき、お菓子要員はもう一人いると言っていたけど――。

「もしかして、別の店員さんだったら、鍵はもらえないんですか？」

「実はそうなんです。わたしは当たりなんですよ」

「会員って、そういうことだったんですか……」

そりゃあ、人が来ないはずだ。

「そうです。けど、オーナーとしては、ここの会員はあまり増やしたくないと思ってるんですよね。特別な場所だと思ってるみたいで。だから、『秘密を言え』なんて暗示をかけて、それでも来る人を会員にする、なんてことをしてるみたいなんですよ」

ぶたぶたは風子と悠に入会用紙を差し出した。

「一応、名前と住所はいただくんですが、それでよかったら、鍵を差し上げます。小野寺さんは？　この間はいらないって言ってましたけど、どうします」

「もらいますっ」

二人でカウンターに並んだまま、当たり前のように用紙に記入する。ぶたぶたは、続き番号のシールを貼った鍵を二つ差し出す。「14」と「15」だ。

「営業時間は一号店、二号店と同じです。最近はわたしが店番をしてるのが多いですけど、別の者がいて閉まっていたらすみません」

ぶたぶた以外がいるとはとても信じられない店だけど。

「どっちにしろ、鍵は開かないんでしょう?」

「そうです。だから、前もって店に電話していただければ。アップルパイも一応予約制ですんで」

またオーナーの分まで食べちゃえ、と風子は思った。

悠と一緒に駅まで歩く。

「今度、本にサインしてくださいね」

「いいよ」

悠の顔は、まだ幾分か赤かった。子供のように楽しそうな顔をしている。

「あー、なんか今日はすごかった。ぶたぶたさんともまた話せたし、森泉さんとも会えたし、すごくうまいアップルパイも食べれたし、あそこの鍵までもらえたし」

「けど、本来の目的は果たせなかったよね」

風子は少し意地悪な訊《き》き方をしてみた。案《あん》の定《じょう》、うろたえる。

「あー……でも、ぶたぶたさんと友だちになったら、その時に聞いてもらおうかなって思いました」

「うーん……。あたしは、友だちであっても、秘密は言えないよ」

みんな、絶対引くし。友だちをなくさないために言わない、という選択肢だってある。

「だから、秘密じゃない？」

「そうなんですけど……だから、結局言えないかもしれないんですけどね」

「何でそんなに秘密にこだわるの？　ていうか、話すことにこだわってるっていうか」

自分なんか、冷めたものだ。

「だって……秘密なんて、持ったのが初めてで」

「そんなことないよー」

風子は間髪《かんはつ》を入れずに言う。

「小さい子供だって、いっぱしの秘密を持つものだよ。本人もすぐに忘れちゃうようなものでもね。小野寺くんは、忘れられない秘密を初めて持ったってだけよ」

「……忘れられない秘密……」

感慨深げに悠はつぶやいた。

「ぶたぶたさんのことも、秘密なんですかね？」

「その秘密っていうのが、いったい何を指してるのかわからないけど——あそこにいるのを黙ってなきゃいけないって、単純なものじゃないと思うし、言っても多分いいんだと思う。一応、お店なんだしね。

けど、あたしは彼のことを、秘密にしたいな」

だって、この秘密は楽しい。信じてもらえなくてもかまわない。自分の秘密は考えていると落ち込んだり悲しくなったりするのに、そんなふうにならない秘密って素敵だ。

悠は風子の言葉にうなずいた。

「抱えても重たくならない秘密っていいですね」

「わかってるじゃん」

そう言うと、悠は聡明そうな瞳を輝かして笑った。

家に帰ってから、風子はパソコンを立ち上げ、毎日更新しているブログを書いた。

あ、また写真を忘れた……。どうして食べ物の写真って、ちゃんと撮れないんだろう。写真よりも先に、どうしても食べてしまうのだ。

けど、誰が見ているかわからないし……具体的な写真を出すのは、やめた方がいいのかなあ……。見た目はただのアップルパイだけど……。

ぶたぶたのことも書きたかったけれども、考えたあげく、風子はやめた。彼はきっと、あそこに閉じこもっているわけじゃないと思うのだ。普通の喫茶店と同様、買い出しに行ったり、もちろん仕事が終われば帰るんだろう。近所では有名人じゃないだろうか。

そんな人のことを、ここで書くわけにはいかない。

結局、当たり障《さわ》りなく、

『新しい喫茶店でお茶してきました。新規開店ではなく、新規開拓のお店です。すごく居心地いいところでまったりしてきました』

そんな感じの内容にした。

まあ、あのアップルパイも、ぶたぶたも、自分の秘密の一部になってしまったわけだ。持っていて楽しい秘密ではあるけれども、それこそ人に言いたい、と思う部分もある。夫になら言っても大丈夫だろう。今度、あのアップルパイをテイクアウトして、食べさせてあげる。その時に話すことになるだろうが、しばらくは自分の中で温めたいと思う風子だった。

お守りの代わりに

沼尾椛《もみじ》は、知らない駅で待ち合わせをしていた。今日は、婚約者の弟である小野寺悠とケーキを食べに行く約束をしている。珍しいアップルパイだという。

「椛さん、ケーキ好きだよね？」

「好きよ」

数日前、いきなり電話がかかって、訊かれたのだ。確かに椛はケーキに目がない。都内の主だったケーキバイキングには行き尽くしているし、有名無名を問わず、口コミからテレビ、雑誌、ネットを駆使しておいしいケーキをゲットしている。最近、ちょっとやりすぎかな、と思うのだが、しばらくしたらこんなこともできなくなるので、今は思いっきり楽しんでいるところなのだ。

「珍しくておいしいアップルパイを食べたいと思わない？」

「思う！」

即答。アップルパイって、どうも「ここ！」というところがない、とずっと思っているのだ。

「じゃあ、連れていってあげるよ」

「陽《あきら》も来るの？」

「いや、兄貴は行かない。ていうか、行けないんだ」

「どういうこと？」

「そこは、俺が会員になってる喫茶店で、連れは一人だけしか連れていけないんだよ」

「会員……？」

何だろう、それ……。

「変なところじゃないんでしょうね？」

「変なところってどんなとこだよ」

「いかがわしいところとか……」

「そんなとこに椛さん連れていったら、兄貴に殺されるだろ？」

まあ椛自身もいかがわしいところの会員、というのが、実際どんなものなのかわからないのだが。

「予約をしないと食べられないパイなんだよ。俺、こないだ食べたんだ。すっごくうまかったよ」

甘いものにくわしくはないが、自分でも料理をする悠の舌は、若いながらも信頼できる。たまにおみやげでくれるケーキもおいしかったし。彼が太鼓判を押すのなら、そのパイは本当においしいのだろう。

食べたい。スイーツおたくとしての闘志が湧き上がる。最近、近場ではもう情報がなく、だからといって遠出をするほどのヒマもない。予約をしないと食べられない、というのも、優越感をくすぐる。

「でも、何でそんなとこ知ってるの？」

はっと気づいてたずねた。ケーキになんてそんな興味なさそうなのに。

「うーん、たまたまだよ、たまたま。これは俺が食べるより、甘い物好きな椛さんに食べてもらった方がいいって思ったんだ」

そんなにおいしかったんだ……。否応《いやおう》なく期待が高まる。

「食べたい。絶対に食べたいよ」

「じゃあ、待ち合わせしよう」

知らない場所での待ち合わせは不安だ。

ここでいいのかと思いながら突っ立っていると、目の端に不思議なものが入り込んでくる。それと同時に襲ってくる頭が震える感覚。

ああ、まただ。椛はぎゅっと目を閉じて、やり過ごす。震えが全身に広がる。倒れないように足を踏んばる。

一分くらいそのままにして、目を開けると、もうそれはなくなっていた。ほっとため息をつく。最近は少なくなってきたように思うけれど、決してなくならない。

椛は今の自分の行動が誰かに見られてはいないか、変だと思われていないかと危惧して、あたりをきょろきょろ見回した。

椛は、人前——特に友だちや恋人、家族の前では絶対につかないため息をまたついた。今の自分の表情を見られたら、きっと別人だと思われる。二十二年間、ずっと隠している誰も知らない顔だ。

いけない、待ち合わせをしているんだった。すぐに我に返り、いつもの顔に戻る。

「椛さん」

背後から声がかかって少し驚くが、顔を見られなくてよかった。

「悠くん」

「ごめん、遅れて」

「遅れたの？」

時計を見ると、確かに五分ほど過ぎていたが、全然わからなかった。

「学校から走ってきたんだけど、やっぱり遅れた……」

ぜいぜいと息を吐きながら、悠は言う。

「学校からって、悠くんの学校ってこの近く？」

「そうだよ」

「知らなかった……」

「……関心ないよね、椛さん、俺に」

「そういうわけじゃないけど……」

ただちょっと余計なものにいろいろエネルギーを吸い取られて、できることが限られているだけだ。

「まあ、いいや。店は、駅からすぐだよ」

悠はふっと笑って、歩き出した。あわてて椛はあとを追う。

「学校は反対側の出口の方にあるんだ」

「そうなんだ。そういえば、制服姿って初めて見た。かっこいいよ」

悠によく似合っていた。

「ほんと？　ありがと」

照れくさそうに笑う。

「兄貴も同じ学校に行ってたんだけど、その頃と制服が変わったんだよね」

「そうなんだ……」

陽に出会って、まだ二年くらいしかたっていないので、当然彼の高校生の頃なんて知らない。歳も三つ上なので、それで高校生の頃を知っているってことなら、幼なじみにでもなってなきゃ無理だ。

椛はふと思う。小さい頃から陽と一緒にいたのなら、少しは何かが変わっていただろうか、と。

そんなこと、今思っても仕方がないのだけれど。

悠の言ったとおり、店は駅から大した距離ではなかった。五分くらいか？　でも、あまり店らしくない。細長いビルの八階に、そんなおいしいアップルパイを食べさせてくれる店なんかあるの？

「ここなの？」

「そう。鍵で入るんだ」

狭いエレベーターに二人で乗ると、悠は鍵を見せてくれた。「14」と書かれたシールが貼ってある。あの番号って、何か意味があるんだろうか……。

玄関のドアはそっけない金属製で、まるでただのオフィスのようだ。

「ここって、ほんとにお店なの？」

「そうだよ。開けたらびっくりするから」

悠が鍵を差し込み、ぐるりと回す。ドアの向こうには、カウンターだけのようだが、立派な内装の——

「喫茶店？」

「当たり」

店の中には、コーヒーのいい香りがあふれていた。それとともに、甘酸っぱいリンゴの香りも。

「いらっしゃいませ」

その時、声が聞こえて、何気《なにげ》なく椛は振り向いた。

「こんにちは、ぶたぶたさん」

悠の陽気な声も聞こえる。彼が見ているのは、ぶたのぬいぐるみだ。ピンク色で、バレーボール大くらい。黒ビーズの目とそっくりかえった右耳。

「お待ちしてましたよ。さあどうぞ」

突き出た鼻から、渋い男性の声が流れ出る。

その瞬間、あたりがぐらりと暗くなる。色をなくした世界に、引き込まれた。

そのモノクロの光景を引き裂くように、遠くから悲鳴のようなものを聞いた。こっちを目を丸くして見つめている悠を見て、ああ、今の悲鳴は自分のものだ、と思う。

視界は次第に闇に支配され、椛は床にくずおれた。

陽の声が聞こえる。ひどく怒っているようだ。普段温厚な婚約者のこんな声、初めて聞いたかもしれない。

「最初に言っとけ！　こんなにびっくりさせる奴があるか！」

「……ごめん」

悠は言い訳をしなかった。多分彼は、アップルパイをごちそうするついでに、椛を少し驚かそうと思っただけなのだろう。

ただ……こちらのショックが大き過ぎただけなのだ。

朦朧《もうろう》とする意識の中、そう陽に言おうとしたが、うまく声が出ない。

「どうした、椛？　起きたか？」

陽の声が近くで聞こえる。目を開けると、心配そうな顔で椛を見つめていた。

「椛さん、ごめん……」

悠が、頭を下げた。泣きそうな顔をしていた。

「いいの……。こちらこそごめんなさい。急に倒れたりして」

「一応、病院に行くか？」

あわてて首を振る。病院になんて、絶対に行きたくない。

身体を起こしてみると、そんなに気分は悪くなかった。倒れた時、どこかをぶつけたかとも思ったが、痛い箇所はなかった。

「大丈夫。多分、寝不足だったから……それで貧血を起こしたんだと思う」

「けど、椛さん……」

悲鳴をあげたことを、悠は言いたいのだろう。

「びっくりしたことは確かだもの。大声がつい出ちゃったんだよ」

その場にいなかった陽はその言い訳を信じたかもしれないが、悠と、あのぬいぐるみはきっと信じないだろう。遠く小さくではあったが、自分の悲鳴の異常性をちゃんと自覚していた。あれは、ただびっくりした声ではない。

だったら、わたしはどうして悲鳴なんかあげたんだろう。

店の中を見回しても、あのぬいぐるみの姿はなかった。幻？　いや、そんなはずはない。店員が誰かいるはずだ。カウンターの上には、手のつけられていないコーヒーが二つある。あれは誰がいれたの？

「とりあえず帰る。あとはお前にまかせるから」

「うん……わかった」

「椛、行こう」

陽に支えられて店を出た。何か言おうにも、誰もいないのでは何も言えない。

ビルの外に陽の車が停まっていた。助手席に座って、ほっと息をつく。

「まったく……ケーキごちそうするだけって言ってたのに」

「知ってたの？」

「あいつなりに気を遣《つか》ってくれたんだと思うけどな」

最近、陽の仕事が忙しくて、あまり会えていなかった。それを気にして、悠は連れ出してくれたのだろうか？

「ほんとに具合悪くないのか？」

「悪くないよ」

「椛が倒れるなんて初めてだから……どうしようかと思ったよ」

「あたしも初めてだよ」

倒れないように、ずっとがんばってきたのに。椛はそのことにもショックを受けていた。

何だかいきなり奔流に投げ出されたようで……なすすべもなかった。抵抗するヒマもない。気がつくと悲鳴をあげ、倒れていた。

あたしは、いったい何を見たんだろうか？

どうしてあれを見て、悠は平気でいられたんだろう。

目の端の方に、何かが現れる。いつものようにぎゅっと目をつぶる。だが、目を開けるタイミングがわからない。目を開けてまだいたら、さっきのように悲鳴をあげてしまうかもしれない。震えもひどいように思えた。これも止まらなかったら——。

その時、陽の手が、椛の肩に触れた。そっと抱き寄せられる。

どうしてこの人にはわかってしまうんだろう。今まで誰にも、両親ですらわかったことがないのに、陽だけはこんなふうにしてくれる。何も言わないし、自分も黙っているし、たった一分くらいのものだから、そのあとは何もなかったように過ごすのだが——椛は、陽と一緒のそのたった一分が怖かった。いつ何を言われるのかと、そればかりを考えてしまうから。うまくごまかす自信がない。陽には。

こんなふうになるたび、怖くてたまらないのに、陽に会うことはやめられない。何も言わない彼の中に、いったいどんな言葉が溜まっているのか、不安になるばかりなのに、彼からの電話とメールを待ち続ける。

「帰ろう、椛」

今日もそう言って、陽の手が椛の肩から離れていく。それを淋しいと思う気持ちも止められなかった。

次の日、悠が謝罪の電話をかけてきた。

「本当にごめん……」

椛は、悠が何について謝っているのか、自分から言わないことに気づいていた。多分、昨日の陽もそうだ。あれを見たはずなのに、見なかったことにしている。椛を怖がらせないように。だから、悠もただ謝ることしかできないのだ。

「いいよ、もう。大丈夫、どこも悪くないし」

自分の声が少し震えていた。いつものように言えていない。

どうしよう。どうしよう。

悠がそんな椛の様子に気づかぬまま、早々に電話を切ってしまったのがありがたかった。

一人で部屋に座り込み、ずっと「どうしよう」とつぶやき続ける。

目の端に何かが現れても、目を閉じることができなかった。そのかわり、床に頭をつけて、ふとんをかぶって、自分の周りを暗闇にした。

あたしも、何も見ていない。

陽や悠のように見なかったことにしたい。

でも、それはできないのだ。見てしまったから。二十二年間、守っていたことが、崩れた瞬間だった。


数日、家にこもり続けた。陽とは電話とメールで連絡を取り合っていたが、悠とは接触がなかった。

待っていたのだ、彼からの連絡を。でも、元々そんなに頻繁ではなかったから、今この顔向けできないとでも思っているような状態では、待っていても無理かもしれない。

椛自身から連絡しなければ、一歩も前に進めないようだ。

ケータイに電話すると、悠はずいぶんとためらったような声で出た。

「……もしもし」

「悠くん。教えてほしいことがあるの」

「何？」

「あの店……どうして知ったの？」

直接訊くのはまだ怖くて、こんなふうにしか言えなかった。

「あ、ええと……あそこは、駅の反対側にある喫茶店の三号店でね。一号店には、先生に連れていってもらってちょっと気に入ったから、何度か通ってたんだ。そしたらレシートのキリ番を出したんだよ」

「キリ番？」

リアルではなかなか聞かない言葉だ。

「そしたら、あの店のことを教えてもらった。会員制の喫茶店なんだって。けど、会員になるには条件がある、なんてことをそこのオーナーは言うんだよ」

「どんな条件なの？」

「『誰にも話せない秘密を、そこにいる店員に話せ』って」

誰にも話せない秘密。その言葉に、椛はめまいを覚えた。

「……それを話すと、どうなるの？」

「どうもしないよ。『話せ』って言ったくせに、話さなくてもいいって言われたんだ。現に、俺は話してない」

「……あるんだ、悠くんにも。秘密が」

「……まあね。オトシゴロですから」

しばらくの沈黙のあと、椛は、

「ありがとう。よくわかった」

「わかったってどういうこと？」

「店のことはよくわかったってことよ」

悠の沈黙には、言えない質問がたくさん含まれているようだった。椛もまだ訊きたいことがあったが、彼では限界がある。

だって、あれじゃないし。

「身体の具合はどう？」

「大丈夫だよ」

「……椛さんって、『大丈夫』ってしか言わないよね」

悠はため息をついた。

「兄貴も心配してた」

「心配なんて――」

「兄貴には頼ってやってよ。俺よりか、少しは役に立つんじゃない？」

椛は返事ができなかった。多分、今の段階では、何を言っても悠を、そして陽を納得させることはできそうになかったから。

「ありがとう」

何をどう言えばいいのかわからなくて、とりあえずお礼を言った。どちらかといえばすぐに謝ってしまう方なのに――ちょっと自分でもびっくりした。

「そんな……お礼を言われるようなことは……」

悠の言葉が詰まった。

「じゃあ、また」

椛はその機を逃さず、電話を切った。外はもう暗い。いつの間にか夜だ。

椛はコートを羽織《はお》り、財布と携帯電話だけ持って、家を出た。素足にミュールは少し寒かったが、仕方ない。今は動かないと気が狂いそうだった。

電車に乗って、記憶を頼りにあの喫茶店を探す。いつもぼんやりしているから、忘れてしまったかと思っていたが、意外と憶えているものだ。夜にもかかわらず、迷わずちゃんと着いた。

ビルの八階には灯りがついていた。今の時刻は午後九時半。あの喫茶店の閉店時間はいつだろう。まさかとは思うが、二十四時間営業だったらどうしよう。靴下くらい履いてくればよかったかな。

寒風の中、三十分くらい突っ立っていたら、店の灯りが暗くなった。午後十時。閉店時間だろうか？

エレベーターが八階に呼ばれ、女性を一人乗せて下りてきた。あの店の客なのか、それとも店員なのか、あるいは全然関係ないのか。店の客だとわかったとしても、どうするつもりなのか、椛にもわからなかった。ただ知りたいと思っただけだ。

じっと見つめていると、視線に気づいたのか、こっちを向く。とたんに立ち止まり、あとずさった。

「あの――」

あまりにも様子がおかしいので、声をかけてみると、

「わあっ」

とさらに驚いた声をあげた。

「ひっ、人⁉」

何と失礼な。

「人です」

「あー……ごめんなさい、幽霊かと思った——って、すみませんすみません！」

失言の上塗りにあわてふためく様は、何だか微笑《ほほえ》ましかった。

その女性は、きゃーごめんなさいとかわめきながら、駅の方へ走っていってしまう。結局、彼女が喫茶店の客だったかどうかはわからずじまいだった。

だが、そのうち店の窓が真っ暗になり、エレベーターは再び八階に呼ばれた。

一階に下りてきたエレベーターの扉が開く。上の方だけを見ていれば、無人のエレベーターだと思うだろう。けれど、それは出てきた。ぼんやり見ていれば、小さな桜色のバレーボールが転がっているようにも見える。

こんなにまっすぐ見たのは、生まれて初めてだ。いつも目をそらしていた。いつも目の端に置いていた。視界からはずれるようにしていた。意識的に見ないようにしている場所があった。

それの正体を、知りたくなかったから。

椛の視線は強いのだろうか。あるいは、普段ぼんやりとしか人も物も見ないから、ちゃんと見ようとすることに慣れてなくて、力が入ってしまうのかもしれない。

それがこっちを向いた。身体の中を悲鳴が駆け巡る感覚に襲われたが、実際には出なかった。穴の空いた笛のように、ひょろひょろとした息しか漏れなかった。

だが、それはこっちを向いたとたんに、大きな耳を揺らして元に向き直り、何事もなかったように歩き出す。桜色の背中には、小さな黄色いリュックを背負っていた。しっぽは結んである。

カッと身体が熱くなったのを感じた。これは怒りだ。怒ったことなどあっただろうか。感情や表情に乏しく、「きれいな顔が台無し」とよく親戚に言われたものだけれど、自分にもこんな感情があったのだ、と驚く。

「待ちなさいよ！」

荒げた声が椛の口から出ていく。別人だ。自分の中の別人が顔を出した。誰にも見せたことのない顔が。

それが足を止めた。小さな身体が、ゆっくりと振り返る。戸惑ったような点目をしているのがわかったのが不思議だ。

「……何でしょう？」

それが鼻先でもくもく返事をする。声はやはり渋い男性のものだ。

「あんたはいったい何？」

「わたしは、喫茶店の店員ですが」

それ以上でもそれ以下でもない。そう暗に言っているようだった。

「どうしてあたしの前に現れたの？」

それは、困ったように首を傾げた。

「ずっとずっと、生まれてからずっと、見ないようにしてたのに……！」

椛は泣き崩れた。あわててそれが近寄ってくるのがわかる。泣くのも久しぶりだった。

最後に泣いたのは、いつだっただろう。もう思い出せないほど昔のことだ。

道に座り込んで泣いている椛の脇に、それが立っているのを感じていた。もう放っておいて帰ってもいいのに。なぜかそれは立ち去らない。

「何を見ないようにしてたんですか?」

やがて、そうたずねる声が聞こえた。

「何って言われても……」

椛は涙を拭《ぬぐ》いながら、言葉を選ぶ。

「それとかあれとか……名前なんかないの。見ないようにしてたから」

「なるほど。それらの中に、わたしも含まれている、と」

……それって、こんなふうに受け答えをするものなんだ。頭のすみっこの方で、そんなことを思う。椛の頭の中にはいろいろなことが渦巻いているが、そこだけ妙に冷静だった。

「ここに座ってると寒いですから、どこかに移動しましょうか?」

そう言われて、なぜか素直に立ち上がってしまう。確かに寒くて、鼻水も出てきた。ここは人通りもあまりなく、こんなみっともない姿を見られることはないようだが、安全な場所とは言えないようだ。

それが椛を連れて入ったのは、近くのファストフード店だった。若い子がたくさんいる騒がしい店内に、それはためらうことなく入っていく。

「空いてる席に座って、待っててください。帰っちゃダメですよ」

普通の人間としゃべっているみたいに、それはそんなことを言う。椛はどうしたらいいかわからず、言われたとおりに空いている席を探す。禁煙席と喫煙席——どっちがいいんだろうか。自分は禁煙席の方がいいから、そっちに座ってしまったが。あまりたばこが似合わない外見をしているし。

「お待たせしました。ココアにしたんですけど、大丈夫ですか？」

そんな声に振り向くと、頭の上にトレイを乗せたそれが立っていた。とっさにトレイを取り上げて、テーブルに置く。それは、とととっと椛の向かい側の席に立つ。

濃いピンク色の布が貼られた手が、紙カップをつかんで椛の前に置いた。どうやってつかんでいるのかは、知らない。くっついているようにしか見えないのだが。

ココアを一口飲む。ここのココアは少し甘ったるい。そしてとても熱い。けれど、今はその甘さと熱さが、椛を現実に引き戻す。

「ポテトもいかがですか？」

まるで店員のようなことを言いながら、それが向かい側に座る。自分のリュックをクッションのようにして。

「揚げたてだったから、買ってきたんですけど」

椛は首を横に振る。食欲はなかった。

それはもうポテトを手にとって、まさに口に入れようとしていた。ただし、口があるのなら、なのだが。

「やけどしそう……」

それはそんな独り言を言って、はふはふポテトを食べた——というか、口があろう場所にポテトを押し込んだ。手品のように消えていくのだ。そして、ココアも飲む——いや、やはり消えていく。ふーふーと湯気が飛んでいくのを見て、これはもしかして、猫舌なんだろうか、と思う。

椛は、多すぎる情報量に戸惑っていた。さっきは感情にまかせて怒鳴ったりできたが、それだけで体力を消耗して、もう何もできそうにない。ここでポテトを一緒に食べられるくらいの図太さが欲しかった。人からよく「天然」と言われたりするが、計算でも、本来の性格がそうでもなく、こんなふうにオーバーフロー気味になることがあまりにも多すぎるからなのだ。それやあれ——そんなものが思ったよりも出てきたりすれば、それだけで椛の体力と気力を奪う。そんな時は仕方なく、ぼんやりして時間をやり過ごすしかないのだ。

「じゃあ……まずは自己紹介をしましょうかね」

そんなぼんやりの状態でも、びっくりはできる。椛は、それの言葉にあぜんとなった。

「いつまでもそれとかって思われるのもいやなので」

冷静な声だが、気持ちが読めない。椛とは違う、意図的に感情を消した声のように聞こえた。そんなことができるなんて——人間みたいじゃないか。

「わたしの名前は、山崎ぶたぶたです。あなたは？」

名前があるのなんて、ますます人間みたい。変な名前だけど。

「あたしは……沼尾椛」

「椛さん。わかりました。じゃあ、わたしのことはぶたぶたと呼んでください」

呼ぶ必要があれば、と思ったが、黙ったままでいる。

「いくつか質問をしてもいいですか？」

「いいよ……」

答える必要はないのに、返事をしてしまう。何でだろう。周りから突き刺さるような視線を感じているからだろうか。悠が見えていたように、他の人にもこれが見えるらしい。それはそれで、恐ろしいことではないか？　自分の中だけで解決できないことなんて、椛には重すぎる。

「何が見えるんですか？」

「何って……そんなの、よく見たことがないからわからない」

それが見え始めたのがいつかは忘れた。物心がつく前から見えていたんだと思う。その頃、自分がどんな反応を示していたのかはよくわかっていない。とにかくしゃべらない子だった、とは両親から聞いた。気がつくと眠っていた、とも。黙ったまま、眠ったままの椛はいったい何を見ていたんだろう、と人ごとのように思っただけだった。

物心がついた頃、初めて今と同じような状況に陥った時、椛は両親に言った。

「妖精が見える」

と。その時の彼らの顔が忘れられない。

「そんなこと、人に言っちゃだめ」

今思えば両親は、「家の外で言ってはいけない」と諭したつもりだったのだろうが、そんなこと、椛にはわからない。自分以外の人間に知られてはならない、と思ったのだ。幼稚園児だった椛は、本当は自分が見る〝妖精〟のことを友だちに言いたかったが、とてもいい子だったので、約束を守った。

〝妖精〟は次第に、「言ってはいけない」という言葉の呪縛とともに、それやあれと呼ばれるようになった（椛の中だけだが）。そんなふうに呼ぶと、それは見えるのに見えない、と認識することができた。だって、たったの一分間のことなのだ。見ると必ずやってくる頭と身体の震えに、最初は気が遠くなりそうだったが、我慢ができるようになるとうまくごまかせるようになった。椛は賢い子供だったが、一分過ぎれば元に戻るから、すぐに忘れてしまっていたのだ。

だが、見えるものを見えないものと思い、それを他人に悟らせないようにすることは、思ったよりも負担だった。小さい頃はわからないまま、それを習慣化してしまったが、そのつけは思春期に巡ってくる。元々情緒不安定な上に、身体の変調が加わり、自分をコントロールすることが困難になっていったのだ。ささいなことで均衡を崩し、いわゆる「キレた」状態になってしまう。

中学生の時が一番ひどかった。自分の見ているものが他人に見えない、あるいは、他人も見えているのに、それを隠している、だまされている、みんな何もかも自分の秘密を知っている――そんなことばかり考えていたし、クラスメートから冷たい視線を浴びせかけられたりした。いじめというほどではないが、孤立せざるを得なかったのだ。

さすがにおかしいと思ったのか、両親が病院やカウンセラーに連れていったが、その時にはもう、椛は秘密をうまく話すことができなくなっていた。

「何でもいいから、言ってごらん」

両親や医師からそんなことを言われても、出てくるのは嗚咽《おえつ》ばかり。もう「話す」という選択肢すら、忘れてしまったようだった。

「言うなって言ったくせに」

それだけでも言えていればよかったのだが、両親を悲しませたくなくて……言えなかった。

不安定になればなるほど、それを見ることが多くなる。高校生になり、それに気づいた椛は、むりやり自分の暴れまくる気持ちを抑えつけ、結果ぼんやりと夢の中をさまよっているような人間になった。「天然」「不思議ちゃん」「神秘的」と言われることもあり、それなりに友だちもできたが、結局は表情に乏しく必要以上のことを話さない、人によってはただのそっけない気まぐれな女だ。いまだ暴れ狂う自我をもてあましているので、ひどく疲れやすい。それに庇護欲をかきたてられる男もいるようだが、自分ではよくわからないのだ。

「一度もちゃんと見たことないんですか？」

「最初は見てたけど……すぐにやめたの」

でも、再び試みようと思ったことはある。高校生になり、いろいろな本を読んだり、様々な情報に触れて、自分のような人間はいったい何なのか、と考えたのだ。ありていに言えば、何かの病気ではないのか、と思ったのである。病気であってほしいとも思った。そうすれば、自分のこれまでの行動はそれですべて説明できるし、治ることだってあるかもしれない。

「病気だから仕方ないの」

そんなことを微笑んで言ってみたい——そんな罰当たりなことを考えたこともある。

でも、自分が病気かどうかを知るには、今まで起こったことを医師に話すことから始めなければならない。たった十何年の人生だが、それを話すためには、少なくとも同じくらいの時間が必要に思えたのだ。それはそれは、気が遠くなるような長い時間が。考えるだけで疲れてしまう。もう二度と振り返りたくないのに。

それでも、大学に入ってしばらくは悩んでいたが、さらに躊躇《ちゅうちょ》する出来事が起こる。小野寺陽に出会ったのだ。

大学近くのコンビニを出たところで、あれが現れ、目を閉じてやり過ごそうとした。だがそこはコンビニの入り口の真ん前だったので、入ろうとしていた陽にぶつかってしまう。

彼は椛の不注意を責めず、

「大丈夫ですか？」

と声をかけた。それはぶつかったことへの気遣いだったのだろうが、椛はあれを見ていることに気づかれたと思い、何も言わずに立ち去った。まだ震えが残っていてふらつく足をむりやり動かして。

あとから思い出して、自分のひどい態度に落ち込んだ。お礼を言わなければならないのは椛の方だったのに。

それが気になって、それから毎日、そのコンビニへ通った。でも、そう簡単に会えるわけがない。一ヶ月が過ぎ、あきらめかけた頃、彼が現れた。

「あの時はごめんなさい。気遣ってくださって、ありがとうございました」

そう言う椛に、陽は苦笑した。

「時間帯が合わなかったんだな」

彼も、毎日このコンビニに来ていたのだ。

それからつきあうようになったのだが、出会いの時のことがあってか、陽は椛の様子に敏感だった。少しの体調の変化にも気がつく。最初のうちは何くれと声をかけてくれたが、椛が、

「大丈夫だよ」

とくり返し言うたびに——というより、それしか言わないことに気づいたのか、何も言わなくなった。そのかわり、そっと抱きしめてくれる。あれを見た時も必ず——しかもとびきり優しく。彼にも見えているのでは、と問いつめたくなるが、そんな勇気はなかった。

プロポーズされた時、迷いもあったが、気がつくとうなずいていた。彼は他の人とは違う。椛は、人と同じところは見られないと思うのだが、陽は人と同じところと同時に、どこか別のところも見ている気がした。椛のこともそんなふうに見ている気がする。今までつきあった男性は、椛のことは上辺しか見ていなかったし、自分もそうだった。だが、陽をそんなふうに見ることはできない。

彼とは椛の大学卒業を待って、結婚することになっている。彼の海外赴任についていくためだ。両家とも、この話には大乗り気で、すでに日本での盛大な披露宴と新婚旅行を兼ねた外国での挙式が組まれている。

あれさえなければ、何と幸福な結婚だろう。

陽と両親たちの幸せそうな顔を見て、ますます自分のことなど言えない、と思うしかなかった。本当に病気だったら、きっとこの結婚は破談になるだろう。そんな迷惑、どうしてかけられよう。しかも、その方がいいのかも、と思いながら、そうなった時の陽との別れには耐えられない、とも思うのだ。

彼は椛のことを何も知らないのに、愛してくれる。多分、彼は椛が何かを隠しているとわかっているのに、それでもいいと言ってくれるのだ。彼の隣は、とても居心地がよくて、温かい。

しかし、だからといってあれを見ないわけではない。甘いラブロマンスならば、自分のことをわかってくれるたった一人の男性《ひと》が現れて終わるはず。触れてもらえば、震えもおさまるはずだ。でも、そうじゃない。たった一分間でも、自分で自分を止められなくなる。

だから、知られたくない。

「あたし……怖いんです」

「何が？」

「あれの正体がわかるのが」

つらくないと言えば嘘になる。でも、我慢できないほどじゃない。だったら、何も見ていないことにすればいいんだ。そう思って生きてきたのだ。

「正体ねえ……。だったら、僕はどうなの？　初めての時は悲鳴をあげていたけど、あれはどうして？」

そう訊かれると、椛にもちゃんと説明ができない。あれは、初めてはっきり見てしまったというショックからだったと思う。見ないようにしようとしていたのに、あの一瞬でそれが崩れたから。その衝撃に耐えられなかったのだ。

「僕のことが怖かったら、今こうして話ができるとは思わないんだけど？」

「…………」

「もしかして、今も怖いの？」

椛はためらった末、首を振った。ここに来たのは自分の意志だ。怖ければ来ない。来られない。

「怖くない」

「どうして?」

「……何だか、あたしが見ているものとは違う気がして」

「ちゃんと見ていないのに、どうして違うってわかるの?」

うまく言葉にできなくて、椛は唇を噛《か》む。

すると、もそもそポテトを食べていたぶたぶたが、大きなため息をついた。

「ああ、どうかしてました。すみません」

そう言って、小さな手で顔をごしごしこする。ビーズの点目が取れそうな勢いだった。

「いつもなら、わたしを拒否する人を、こんなふうに追及したりはしないんですが」

「いつもなら……? あたしだけじゃないの?」

あんなふうに悲鳴を上げて、倒れてしまうなんて大げさなのは、自分だけかと思っていた。

「そんなことないですよ。悲鳴をあげて逃げ出したり、倒れたりっていうのは珍しくないです。でも、受け入れられる人と受け入れられない人っていうのはいるので、それは仕方ないことなんですよ。わたしも一応、化け物の自覚はあるので」

「化け物の自覚……」

馬鹿の一つ覚えのように、くり返す。化け物……。

何て悲しい感情だろう。

「あなたは、何を見ているかわからないと言ったけど、それをきっと、化け物とか怪物だとかって思っているんでしょう？　わたしと同じような」

それは、ある意味では当たっている。自分の気持ちを乱す存在。人と違う自分を思い知らせるもの。どうしたらいいのか、持て余すしかない感情を抱かせる——。

化け物。怪物。

「あなたは……化け物には見えない」

だって、ただのぬいぐるみだ。椛が蹴っても、ぽーんとどこかへ飛んでいくだけだろう。

わかっていたのだ。ぶたぶたとあれは違うって。だって、彼を見ても震えは来ない。あの倒れた時だって、いつもとは違っていたのだ。初めてのことだったから、倒れた。多分、そういうことだ。

あんなふうに動いている点目の怪物を見たのに、本当に驚いたから。

「むしろ、それはあたし……」

化け物は、自分の中にいる。いつかそれが外に出て、椛自身を怪物に変えてしまうかもしれない。それが一番怖いのだ。

「だって、あなたを傷つけた……」

椛が見るものが、椛を傷つけたことはない。ただいるだけだ。時折出てきて、目の端でじっとしていたり、ひよひよ動いていたり、何らかの気配がするだけ。その間、椛は目をつぶっているか、うつむいて目をそらしているかのどちらか。

あの点目の怪物が椛を傷つけないのはどうしてだろう。ぶたぶたみたいな目をしているから?

「そんなことない。わたしだってあなたを傷つけました。でも、単にわたしを怖がっているだけとは思えなくて……つい」

傷つけないのではなく、その前の段階で椛が拒否をしている、ということかもしれない。と言っても、すべては推測でしかない。結局、それらに向き合わなかったということは、自分とも向き合わなかったということだから。

傷つけられることを何よりも恐れていたはずなのに――ぶたぶたには確かに傷つけられたのに、そんなにいやじゃないのが不思議だった。

「それは、あたしを見ていたってことだよね……」

「そうですね」

あんな怪物じみた咆哮《ほうこう》を浴びせ、ストーカーのように待ち伏せをしていたあたしを。

「あたし、幽霊みたいだった？」

「え？」

「あなたを待っていた時、上から降りてきた女の人に言われた」

人間の姿をしてたって、怪物は怪物だ。この人が化け物じゃないのと同じくらい、明白なことだ。

「幽霊とは思いませんでしたけど……死にそうだな、とは思いました」

死にかけの怪物。そんな姿をさらしたら、陽は何て言うだろう。あたしから、離れていってしまうだろうか。

でももうこれ以上、そんなものを心の内に飼っていられない、と椛は思った。

「ちゃんと見てみる」

「それがいいかどうかは……わたしにはわかりかねるんですが……」

ぶたぶたは、言葉を選ぶように、そう言った。

「失うものもあるんでしょう？」

陽の顔が横切ったが、

「でも、あたしはちゃんと見てみたい」

できるだけ、きっぱりと言ってみた。多分、これが最後のチャンスだ。

椛は席を立った。家に帰ろう、と歩き始めた時、思い出す。

「アップルパイ……」

悠が食べさせてくれると言っていたけど。

「あなたが作ったもの？」

「そうです」

「約束ね」

指切りしようと思ったが、結局、小指と柔らかな手そのものを結ぶしかなかった。

「おいしい？」

「おいしいですよ」

にっこり笑って、ぶたぶたは言う。

「いつか食べさせてくれる？」

「はい。小野寺さんといらしてください」

「今日みたいに、悠くんとくればいいのね？」

「そうです」

「あなたは、一分たってもいなくならないのね」

ぶたぶたは、何を言われたのかわからなかったようで、首を少し傾げた。

「わたしは、あの店にたいていいますので」

何だか望んでいた答えと違うけれども、その言葉は椛の心の中にすっと入ってきた。姿形は違っても、これ――このぬいぐるみは、陽のような人だ。

「何かあった時……連絡してもいい？」

「はい。いいですよ」

ぶたぶたは携帯電話の番号とメールアドレスを教えてくれた。

「何もなければいいんですけど」

「そうね」

何かが起こることは確かだろうが、彼には頼らないし、頼れない。この電話番号はお守りにしよう。

それから数日、椛は落ち着いていた。陽とは一度会ったけれども、いつもと変わりなく過ごした。特別な日だと思いたくなかったから。

けれど本当は、大学に行くふりをして、いくつかの病院を巡り、いろいろな検査を受けていた。一人で行けるなんて、思ってもみなかった。あれのことを話せることができるとも。

手元にある数通の検査結果に目を通していると、またあれが現れる。椛は、じっとそれを見つめる。震える視点の中、点目の怪物は平然と見返してきた。まるで鏡のようだ。何もしてこないのが、じれったかった。どうせなら、めちゃくちゃにしてほしい。こんなふうに冷静に考えられるような気持ちを残さないで。

悲しくなる。

それが見えなくなり、震えがおさまると、椛は階下へ降りた。台所にいる母に声をかける。

「お母さん……話があるの」

「何？」

母は、最近うきうきしている。一人娘の結婚が、本当にうれしいらしい。父も、嫁にやるのを渋っているそぶりを見せるが、内心では喜んでいるとわかっていた。

自分がこれからやろうとしていることは、二人の笑顔を消すだろう。それだけでなく、たくさんの笑顔を奪うことになる。

陽は多分、許してはくれない。それでも椛は言わなければならなかった。

ぶたぶたへは、一度だけメールした。連絡はしないと自分で誓ったのに、守れなかった。それが許せなくて、彼の電話番号もメールアドレスも消してしまった。

けれど、鳴らない電話を見つめていると、彼からの連絡があるように思えてくる。

まだぶたぶたは、椛にとってのお守りの役目を果たしているらしい。

賢者フェルナンド

風子のもとへ、意外な人物からメールが届いた。中学卒業以来、会っていなかった友人だ。年賀状も交わしていなかったし、クラスも違うので、同窓会でも会うことがなかったのに——。

なつかしくて、書かれてあった電話番号にかけてみると、中学の頃と変わらない声が答えた。

「本を読んだの。すごいね、夢を叶《かな》えたんだね」

風子の夢——それはイラストレーターになること。マンガ家にも憧れたが、ストーリーを考えるよりも、絵を描くことの方が好きだったから。

とはいえ、中学の頃は、電話してきた彼女とともにマンガ研究部に入って、せっせと作品を描いていた。もうその原稿もどこかに行ってしまったが、今更出てきても困るくらい、恥ずかしい代物《しろもの》だ。

「森泉風子って名前は、ペンネーム？」

「ううん、違う。本名なの」

「え、じゃあ――」

「うん、結婚してから仕事始めたんだ」

風子の旧姓は加藤。大学を卒業して、就職した先で今の夫と知り合い、結婚した。名字が変わってから、あきらめていたイラストの仕事をもらえるようになった。最初のうちはペンネームを使っていたのだが、『突撃シンドローム!』の表紙イラストを担当した時から、本名に変えたのだ。名字が変わって、運が上向いたような気がしたから。

それがよかったのかどうなのかわからないが、『突撃シンドローム!』は売れた。予想外のヒット。作者の伊万里ただしも新人だったので、二人して驚き、戸惑ったものだ。特に風子は、作者が騒がれるのならまだしも、表紙を描いただけの自分も忙しくなるなんて思ってもみなかった。まあ、忙しいと言っても比較対象がないに等しいので、まだまだマイペースでできるくらいなのだが。

「そうなんだー。すごくいい名前だよね。旦那さんの名前もすてきなの?」

「いや、義雄《よしお》っていうの」

いたって普通だ。

「亜里砂《ありさ》も結婚してるんでしょ？」

さっき電話で「高橋亜里砂」と名乗っていたから。彼女の旧姓は本上《ほんじょう》。マン研では「亜里砂と風子」というマンガのキャラクターのような名前の持ち主として、けっこう有名だったのだ。

ただ、風子の場合は平凡な容姿にわかりやすい名字、その上での「風子」であったが、亜里砂の場合は「ほんじょうありさ」という名前の美しい響きにまったく負けていない、実にきれいな女の子だった。それこそ、本当に少女マンガに出てくるような、目が大きくて髪がほわほわで、色の白い華奢《きゃしゃ》な女の子そのものだった。

「うん。もう十五年になるかな。子供も二人いるけど、もう両方中学生なの」

「ええー、そんな早くに結婚したんだ！」

風子は結婚してまだ三年。子供はまだいない。

しかし意外だ。亜里砂は頭が良く、生徒会の役員などもやっていたから、大学に進んで、バリバリ仕事をするキャリアウーマンになるものだと思っていた。マン研では仲良くしていたが、部活から離れれば風子とはまったく違う世界を生きている人だと感じていた。

実際、中学を卒業してから、接点はなくなる。年賀状くらいは何回か出したかもしれないが、すぐに途切れた。メールをもらうまでは、忘れていたと言ってもいい。

でも、話を始めると一気に時間が戻った。マン研の頃だって、こんなに話さなかったように思う。なつかしさだけでなく、最近忙しかったこともあって、こんなふうにマンガや小説のことなどを友だちと話せていない、というのもあった。夫とは話すけれども、友だちと話すのとはまた違う。

話が弾んで、ついつい長電話をしてしまった。

「ねえ、また電話してもいい？」

と亜里砂に訊かれて、風子はためらうことなく、

「いいよ」

と答えていた。新しい友だちができたみたいな気分だった。


最近、ヒマがあるとぶたぶたに会いに行く。

「あたしってよく来る方？」

「そうですね」

お菓子を作りながら、粉まみれのぶたぶたが相手をしてくれる。今日はガトーショコラかな？

「小野寺くんもよく来ない？」

「来ますね」

風子も歩いて来られる距離だが、悠の学校はここから近い。

「けど、最近ちょっと途切れてます」

「そうなんだ。何かあったのかな」

「高校生も忙しいんだと思いますよ」

少し物分かりのよすぎる答えだ。

「何かあったんじゃないの？」

「いえ、特にありません」

あった、と言っているようなものだが、顔は完璧なポーカーフェイスだ。ちょっとのしわも見せない。こういう時、ぶたぶたは大人だと思う。変にごまかすことなく、かと言って余計なことも言わず。質問をうまくかわす術《すべ》を心得ている。

「小野寺くんって、誰か連れてきた？」

その質問に、ぶたぶたのボウルをかき混ぜていた手がわずかに止まったように思えた。

「誰かにアップルパイを食べさせたがってたみたいだから」

「いらしたんですけど、パイは食べなかったですね」

「ふーん……。それって、女の子？」

何となくそんな気がして、訊いてみる。

「森泉さん、想像力ありますよね」

「絵描きだからね」

妄想には慣れているのだ。

「あ、『突撃シンドローム！』、読みましたよ」

話題を鮮やかに変えてくれた。いくらなんでもこの話題に食いつかない風子ではない。

「どうでした？」

「すごく面白かったです。主人公の女の子がいいですねえ〜」

「かわいいでしょう〜？」

作者の伊万里ただしはもちろん男性なのだが、ごく平凡な女子高生である主人公ミユの心理描写が実に巧みで、女性の風子から見ても作り物でないヒロイン像がきちんと確立されていた。最初に読んだ時、ちょっと困ったくらいだった。こんなかわいくてけなげな女の子を、どう描いたら作者と読者は納得するのか、と。

「確かにわかりやすい話ではあるんですが、細部が描きこまれていて、引き込まれますね」

「そうでしょ？」

伊万里はまだ若い新人だが、ライトノベルでない小説もきっと近い将来書くだろう。その時は関われないかもしれないけれど、ずっと応援していきたい作家の一人だ。

「そういえば、この間、中学時代の友だちから『本読んだ。イラスト見た』ってメールをもらったの」

「ほお。でも、名前が昔と違うのに、よくわかりましたね」

そういえば、どういう経緯で風子のことを知ったのか、訊くのを忘れたが、「森泉風子＝加藤風子」とわかれば、あとは早い。メールアドレスは風子のブログに書いてあるし。

「多分、別の友だちから聞いたんじゃないかな。マンガ研究部で一緒だった子なんだよね」

「じゃあ、彼女もイラストを描いてたんですか？」

「うん、描いてた。上手だったよ。あたしなんかよりもずっと」

亜里砂の絵はファンタジックだった。線が整っていて、色塗りも丁寧《ていねい》。風子はその頃、殴り描きのような少女マンガを描いていて、いつもボロクソに言われていたので、彼女の端正な絵がうらやましかった。

高校に入ってから、先輩のすすめもあって、もっとシンプルなアニメ系の絵に変えたことで、風子の表現の幅が広がった。どうも細々と描き込むというのが苦手だし、心情を描写するよりアクションシーンを描く方が楽、というタイプだったので、少女マンガなど元々向いていなかったのだ。柄にもなく、ロマンス小説なんか読んで勉強もしたが、無駄になってしまった。

「昨日、長電話しちゃって、すごく楽しかった。なつかしかったのもあるけど、何だか趣味がとても似ててね。中学の頃にもっと話しておけばよかった、と思ったよ」

最近、本当にこの手の話は夫としかしていないのだ。彼とは元々趣味を通じて仲良くなったので、マンガやアニメ、本のことなどはいつでも話せる。恵まれている方だと思う。趣味も合わないのに結婚して、会話がない、という話を友だちから聞くことがあるが、風子にはよくわからなかった。何を話そうと模索するところから始めるなんて、めんどくさがりの自分にはできそうにない。

「森泉さんって……あのう、オタクなんですか？」

「まあっ。何て失礼なことを！」

思ってもいないことを言う。

「いや、まあ、そのう……」

「いいんです。こういう職業だし、描いてる絵からもオタクってことはバレちゃう——ていうか、バレても全然かまわないんだけど」

自分の趣味を仕事にしているのだから、隠す必要などない。

と思って、少し胸が痛くなる。誰にも言えない秘密。それはまだ、ここでは話していない。

「ねえ、小野寺くん、秘密しゃべった？」

別に彼と張り合う気はないのだが。

「いいえ、まだですよ」

「小野寺くんと友だちになった？」

「うーん……友だちってどういう状態なら、彼にとっての友だちなのか、わたしにはよくわからないんですよ」

その気持ちはわかる。何しろ年代が違うわけだし。

「オーナーとぶたぶたさんって友だちなんでしょ？」

「そうですね」

「つまり、同年代？」

「そうです」

あっさりと肯定されて、オーナーの顔がぽんっと頭の中に浮かぶ。高そうなスーツを着こなしたけっこうダンディなタヌキ親父。そいつと目の前のぶたぶたは、なかなか結びつかない。

「すんなり友だちになった？」

「そうでもないんですけどね」

「それは秘密？」

「いえ。長くて退屈な話なだけです」

そうだろうか。あの一癖も二癖もありそうなオーナーとぶたぶたの話、しかも出会い編だ。秘密じゃないのなら、今度ゆっくり来られる時に、訊いてみよう。

「もう帰るね。〆切近いんだ」

「はい、ありがとうございました」

今日は午後に来た。おとといは夜。午前中の買い物の途中で寄ることもある。ほとんど毎日来ているんじゃないだろうか。ぶたぶたとおしゃべりしてのんびり過ごすこともあるし、仕事をすることもある。コーヒーだけ飲んで、さっと帰ることも。

ここは、自分だけの隠れ家だ。今のところ、誰かを連れてくるつもりはない。夫は来たがっているので、いつか連れてくるだろうが、まだ予定が合わない。だから、それまでは自分一人で使わせてもらう。最初の時に悠と鉢合わせをした以外、他の人と会うこともないし。こんな喫茶店は貴重だ。

その夜も、亜里砂から電話がかかってきた。まるで学生に戻ったような無邪気な会話が楽しくて、なかなか切るタイミングがつかめないほどだ。

こんなに話が弾むのなら、会って話した方が楽しいのでは、と思っていたところに、亜里砂から、

「ねえ、会って話さない？」

と言われた。

「同じこと考えてたよ！」

うれしくて、叫ぶように言ってしまう。風子はフリーの仕事だし、亜里砂は専業主婦なので、昼間の時間だったらかなり自由がきく。

「ランチでも食べながら、話そう」

さっそく予定を決めた。あのほわほわのかわいい女の子が、どんなふうな女性になっているだろう。それを考えると、わくわくした。こっちはどう思われるだろうか。友だちには「変わっていない」と言われるのだが、それがいい意味なのか悪い意味なのかがわからない。

二人とも、変わっていても変わっていなくても、いい意味だといいな、と風子は思う。

約束の日はあっという間にやってきて、待ち合わせの場所で風子はドキドキしながら立っていた。デートでもあるまいし、この歳になってどうしたんだろう、と思いながら待っていると、

「風ちゃん？」

なつかしい呼び名が背後から聞こえた。振り向くと、華奢——ではなくなったが、ほわほわの髪がそのままの美人が立っていた。

「亜里砂？」

「そう。きゃー、なつかしい！」

二人できゃーきゃー言いながら再会を喜び合う。

さっそく予約を入れていたホテルのランチに行く。時間をかけて食事を楽しみ、食後のスイーツもいただいた。その間、ずーっと口は動きっぱなし。本当に中学生に戻ったみたいだった。

亜里砂は、少し顔にしわが増えて、身体のボリュームは増していたが、その他の部分は昔とほとんど変わっていなかった。昔も今もきれいで、中学生の子供が二人もいるとはとても信じられないほど。

「風ちゃんも変わってないよ」

「そう？」

「あたしよりも背が高くなってたのにはびっくりしたけど」

そう。中学の頃の風子はチビだった。亜里砂の身長は中学で止まったようだが、風子は高校に入ってから伸びたのだ。

食事が終わってから、二人でいろいろなところを見て回った。本屋、CD屋、画材店など——。

「亜里砂は、絵を描いてるの？」

「うん、たまに。でも、人には見せてないんだ」

「そうなの？　どんな絵？　昔とおんなじ感じ？」

「そうだね。あたし、あんまり器用じゃないから、同じ絵しか描けなくて。でも、描き始めたのは、最近なんだ。子供が小さい頃は時間なくて。やっと二人とも中学受験が終わったし、もうたいていのことは自分でできるでしょ？　少し好きなことしようかな、と思って、イラスト始めたの」

「そうなんだー。今度見せて」

「いいよ。プロの人に見てもらうなんて、恥ずかしいけどね」

「そんなことないよ。あたしだってまだぺーぺーなんだし」

「それでも、すごいことなんだよ。全然違うの、プロとアマチュアじゃ」

確かに、プロになりたくてもなれなかった期間が長かった風子にとって、その言葉はもっともなのだが——絵のうまさとプロであるということは、何だかイコールではない気がする。画力だったら、絶対に亜里砂の方が上なのだ。そんな単純なことではないから、プロとアマの違いがあるんだろうけれども、好きな絵が好きなだけ描けるというのは、アマチュアの特権だろう。仕事だと、描くことがストレスになる場合もあるから。

風子にとって、描き続けることが一番大切だと思うのだが、それはプロになったから言える傲慢《ごうまん》な言葉なのかもしれない。

夕飯の支度《したく》があるから、と亜里砂は夕方、家に帰った。風子も同じ理由で家に帰らなければならなかったが、大人が相手だとデパートのお総菜でも何とかなる。手抜きの夕食でお茶を濁し、寝る前にブログを更新した。

「中学時代の友だちと再会してランチ。思いっきり趣味の話をしてきました。すごく楽しかったー！　来週も会う約束したので、ランチ場所考えないと。今度は和食かな〜」

ブログに書いたとおり、次の週にも亜里砂に会った。毎日のように電話してメールして、週一で会って——って何だかつきあっているみたいだが。

実際に会ってしゃべっているうちに、だんだんと趣味の話だけでなく、普段の生活の愚痴とか、そういうものも自然に出てくる。でも風子の愚痴は、今のところそんなにないのだ。新しい仕事に打ち込んでいるし、ほどよい忙しさに気力も充分。強いて言えば、夫の仕事が忙しすぎることくらいか。それでも、休日は何とか取れるから、まだいいのかもしれないが。

その反対に、亜里砂の愚痴は多岐に渡る。家族と学校と近所の人たちと——十五年の結婚生活と育児でできたつながりが、小さなストレスを生んでいく。

「全体的に言えば、あたしもそんなに愚痴なんてないの。毎日忙しいから、あっという間に終わっちゃうし。でも、そうやって時間を消費するだけなのかな、って思うのよ。それが生きてるってことなのかって。

だから、ちょっと風ちゃんがうらやましい。残るものがあるんだもん。そう思ったから、イラストを描いているのかもしれない。何もないところから絵を生み出すって、思ったよりもずっと気持ちが落ち着くの」

そう言って、亜里砂はイラストを見せてくれた。

「高校を卒業してから描いてなかったから、その頃から成長してないんだよ」

彼女のイラストは、中学時代と同じ、ファンタジックな素材を扱っていた。天使や悪魔、空想の動物、数々の魔法――パステル調の色合いが優しく甘い雰囲気を醸《かも》し出している。昔と変わらずに緻密で美しい構成だった。

「いいなあ。あたしにはこんなイラスト描けないよ」

「それはあたしのセリフだよ。風ちゃんは、昔から人と違ってた」

「え？」

そんな。マン研でもおちこぼれと言われていたのに。

「先輩たちからは『ヘタクソ』とか言われて落ち込んでたけど、あたしから見れば、そう言ってた人たちより、風ちゃんの絵の方が、ずっと面白くて好きだったよ。先輩たちは見る目がなかっただけ」

意外なことを言われて、風子は驚いた。そして同時にとてもうれしかった。そんな昔から、自分の絵をちゃんと見ていてくれた人がいたんだ――。

「それで、ちょっと感激しちゃって」

「へえー、それはうれしい言葉ですね」

今日のぶたぶたは、クッキーを作っていた。生地の中にアーモンドを練り込み、丸く形を整えて焼く。粉砂糖をまぶしてできあがり。〝スノーボール〟というクッキーだ。

ビニールを手の先につけて、生地を丸めていく。あの柔らかそうな手で、よくこんなことができるな、と感心してしまうが、ぶたぶたにとってはごく普通の作業らしい。話しているうちにバットがいっぱいになり、オーブンに入れた。火を扱う時が、一番危なっかしい。彼自身を焼いてしまいそうに見えるからだ。

「彼女、イラストだけじゃなくて、マンガも短いやつだけど描いててね。中学の時はイラストばかりだったはずだから、新鮮に見えたなあ」

そのマンガも、ファンタジー色の強いものだった。異世界を舞台にした王子さまとお姫さまの冒険譚。おつきの者の中に、偶然だが、しゃべるぶたがいた。クマもいたけど。

亜里砂にぶたぶたを見せてあげたら、喜ぶだろうか。粉だらけになってクッキーやケーキを作っているぶたぶたは、彼女が描くファンタジーな世界に生きているみたい。

「ぶたぶたさん。連れはあと一人いいんだよね？」

「そうですよ。待ち合わせに利用してもかまいません。鍵を持っている人が先に来ないとダメですけどね」

「今度、友だち連れてくるよ」

「あ、今お話ししてた方ですか？」

「そう。彼女のイラストを見せてあげる。アップルパイも作ってもらっとこうかな」

「わかりました。いらっしゃる時は、電話してくださいね」

楽しみだー。


「今日は特別なところに連れていってあげるよ」

待ち合わせ場所でそう宣言する。

「ほんと？」

「会員制の喫茶店なんだよ。それだけじゃなくて、すごくおいしいアップルパイも食べられるから。予約しないと、食べられないんだよ」

「そう言われると期待しちゃうな」

亜里砂がうれしそうに笑う。二人とも、食べることが大好きだから。

「特典はそれだけじゃないよ。もしかして今言ったのがおまけかもってくらい、すごいのが残ってるから。店員さんを楽しみにしてて」

「へえ……すごくかっこいいとか？」

あ、そういう期待のしかたもあるのか。

「それもお楽しみだよ」

ドアの鍵を開けて入る喫茶店という趣向に、亜里砂は大いに興味を引かれたようだ。

「ねえ、どうやって会員になったの？」

「それは中で話すよ」

ドアを開けると、カウンターの中には誰もいなかったが、奥から、

「いらっしゃいませー。ちょっとお待ちくださーい」

とぶたぶたの声がした。手が放せないのだろうか。

「座ろう」

「え、勝手に座っちゃっていいの？」

「うん、大丈夫。他にお客さんも来ないと思うし」

「ほんとにっ？」

「そう。ここの会員、少ないみたいなんだよ」

ちょっと優越感。

カウンターに座ると、亜里砂は店の中をきょろきょろ見回す。

「なんか素敵……。コーヒーのいい香りがする」

「一応、珈琲専門店だから。けど、紅茶も出してくれるよ」

「そうなんだ」

そこまで話して、ようやくぶたぶたが出てくる。

「いらっしゃいませー。お待たせいたしました」

水を出しながら、にこやかにそう言う。主に初めてのお客である亜里砂に対して。

期待どおりに、亜里砂はぽかんとした顔をしている。ぶたぶたの点目から視線をはずせないようだ。

「亜里砂、この人、ここの店員さんで、山崎ぶたぶたさん」

できるだけさりげなく紹介をしてみる。亜里砂がぼそりとつぶやいた。

「え、フェルナンド……」

フェルナンドとは、亜里砂が描いたマンガに出てくるぶたの従者の名前だ。ぶたぶたは彼よりもずっと小さいけれども、同じくらい優秀であると思われる。

「ぶたぶたさん、こちらは高橋亜里砂さん。あたしの中学時代の友だちだよ」

「どうぞよろしく」

カウンターの不安定なスツールに立って、ぶたぶたは頭をぺこりと下げた。身体が二つに折れ曲がったみたいに見える。

「あ、え……あの、よろしく……」

亜里砂はどうしたらいいのかわからないらしく、とりあえず挨拶《あいさつ》を返した。

「ご注文はどうなさいます？」

「ご注文⁉」

亜里砂が素っ頓狂な声を出す。

「あ、コーヒーね……」

しかし、すぐに納得をして、メニューに目を向ける。

「ぶたぶたさん、アップルパイあるの？」

「ありますよ。焼きたてです」

「あの……モカをください」

亜里砂がおずおずと注文をする。

「あたし、カフェオレ」

「はい、かしこまりました」

いつものように流れるような動作でぶたぶたはコーヒーをいれる。そこここに置かれたスツールに飛び乗る様にためらいがなく、まるで見えない階段があるようだ。

果たして亜里砂は、ぶたぶたに目を奪われていた。見たものをすべて記録しようとしているみたいだ。

ほわほわとした印象のせいでそう思われないようだが、彼女の観察眼と記憶力は抜群だ。昔の出来事も事細かに憶えているし、人が見ないところを目ざとく指摘し、けっこう辛辣《しんらつ》な意見も言う。実は敵にすると怖いタイプかもしれない。

「はい、どうぞ」

亜里砂は、ぶたぶたが差し出したコーヒーをしげしげと見つめている。

「別に何も入ってないよ」

「いや……すごいなあと思って」

「そうだよね。すごいよね。やっぱすごい」

すごいを連発されたぶたぶたが、困った顔をしている。

「冷めないうちにどうぞ」

だが、反論はしない。

亜里砂がコーヒーを一口飲む。

「おいしい……」

彼女の笑顔に、ぶたぶたも満足そうな顔になった。

「ねえ、どうしてここの会員になったの?」

「あ、ここは実は支店が二つあって。その一つでレシートのキリ番を出したんだよ。それでここの場所を教えてもらったの」

「そうなんだ……」

「けどね、本当はそれだけじゃないんだよ、ここの会員になる条件って」

「……何?」

亜里砂がぶたぶたをちらりと見る。確かに彼が関係しているかも、と思うのは無理もない。

「誰にも話せない秘密を言わないといけないの」

「え……？」

亜里砂の顔色が変わった。……そんなに意外なことだった？

「あ、別に亜里砂が話さないといけないとか、そういうのはないよ」

何だか彼女の暗い顔が気になって、あわててつけ加える。冗談で言ったことだったんだけど……何が気になったんだろう。

「アップルパイ、召し上がりますか？」

ぶたぶたが話題を変えてくれる。

「あ、食べよう、亜里砂。ここのアップルパイ、ほんとにおいしいから！」

「じゃあ、ちょっとお待ちください」

ぶたぶたが奥に引っ込む。亜里砂は、何か考え込んでいるようにうつむいていた。

「どうしたの？」

「あ、ううん……何でもない」

そんな顔ではないと思うのだが——再会してから、彼女のそんな顔を見たのは初めてだった。というより、中学の頃だってそんな顔、見せなかったように思う。いつだって彼女は笑顔だった。

「お待たせしました」

何とほかほかと切り口から湯気をたてているパイが運ばれてきた。アイスクリームが別に添えられている。

「アイス、おまけです。かなりあったかいので」

「わー、ありがとう！」

亜里砂はその不思議なアップルパイを目の前にして、またちょっと驚いているようだった。

「おいしいよ、食べよ？」

「う、うん」

ぎこちない笑みを浮かべて、亜里砂はフォークを手に取る。

「おいしい――」

まだ強《こわ》ばった表情をしていたが、言葉に嘘はないように思えた。ぱくぱくとパイを平らげていく。彼女は、甘いものに目がないのだ。

風子は、添えられたアイスをひと口食べる。何だかなつかしい味がした。

「これももしかして手作り？」

「そうですよ。アイスクリームメーカー使っただけですけどね。ごくシンプルなレシピだけで作ったアイスです」

「おいしいよ、とっても。パイによく合う」

熱いくらいのパイのソースとパリパリの生地とアイスが絡むと、また違った味わいになる。

「あまり濃厚なアイスは合わない気がするなあ」

「そうでしょ？　あっさりめにしてありますよ。こんなただのガラス容器じゃなくて、昔ながらのアイスクリームの器とウェハースとかあると、さらに雰囲気出ますけど」

スプーンだけは、アイスクリーム用だけれども。

「クッキーとか添えてもいいかもしれません」

「あ、それおいしそう」

「何かあるかな――」

「あの……！」

ぶたぶたが奥に行こうとスツールを降りた時、黙っていた亜里砂が口を開いた。ぶたぶたに対して。

「知ってるんですか?」

「え、何を?」

ぶたぶたはきょとんとした顔で、亜里砂にたずねる。

「風ちゃんの秘密……」

「えっ!?」

声をあげたのは、風子だ。

「亜里砂、何言って——」

「ここでなら、言ってもいいの?」

「何を……?」

ぶたぶたが戸惑ったような顔をして、二人を下から見上げている。

「スガミナ……」

亜里砂の口から出てきた言葉に、風子は絶句した。

「菅原みな——って、風ちゃんのペンネームだったよね……? 中学の時、一度だけ使ってた」

亜里砂は記憶力がいい。誰も憶えていないことを憶えているのだ。

「そのあと、すぐに変えちゃったけど、そっちの名前は忘れたの。なぜかスガミナの方だけ憶えてて」

「……やめて」

自分の声が震えている。

「あたし、どうして風ちゃんのこと知ったかって言ってなかったよね？　ブログに書いてた喫茶店って、ここのこと？」

「言わなくていい！」

風子は、自分の大声に驚いていた。恥ずかしくて、身体が震える。今までの自分の言動を思い出そうとしたが、何も浮かばない。調子に乗っていた。何もかもうまくいっていたから、油断していたのだ。

「風ちゃん？　どうしたの？」

「だましてたの!?　黙って隠れて笑ってた!?」

「風ちゃん……!?」

「あたしが何も言わないからって……さぞ楽しかったでしょ!?」

自分がどうしてこんなに興奮しているか、わからなくなっていた。一人で浮かれていたのがわかったことだけでも、急に悲しくなってくる。単純に喜んでいた自分がバカみたいだ。

風子はいたたまれず、そのまま店を飛び出した。

「風ちゃん！」

「森泉さん!?」

亜里砂とぶたぶたの声が聞こえたが、そのまま振り返ることもせず、家へ帰った。

バレることなんかないと思ったのに……絶対にバレないと思ったのに。

ふとんをかぶって、泣き続けた。亜里砂は、別の意図があって近づいたのだろうか。そうじゃなければ、再会した時に言ってくるはずだ。あれを見て、どんなふうに思われただろう。普段の風子を、どう見ていたんだろう――。

「どうした？」

ふとんをはがされて、風子は顔を上げる。

「……ぶっさいくな顔してるな」

夫のあきれたような声に、さらに顔がしかまる。

「うるさいなあ」

「なんかあったの？」

「別に……何もないけど」

そう答えて、まさか彼まで知っているのでは、とビクビクしてしまう。

「まあ、お前がわけもわからず落ち込むのは珍しくないけど」

「だって――」

そのあとが続かない。いつものように仕事で泣いたわけじゃないからだ。風子は見かけによらず小心者で、作品の評価に一喜一憂する。ネットでけなされてこんなふうに大泣きする、なんてことはしょっちゅうだ。

「たかがネットの書き込みに、そんなに神経質になるな」

と夫に言われるけれども、くやしくて涙があふれて止まらなくなるのだ。

「また仕事のこと？」

「うん……そんなとこ」

「そうかそうか」

そう言って、彼は風子の頭をぽんぽんと叩いた。妻の嘘を、夫はあっさり信じてくれる。彼のそういうところが、好きだ。干渉しすぎず、遠くから見ていてくれる。何で落ち込んでいるかよりも、どう復活するかの方に心を砕く。

もしこの人が、自分の秘密を知ったら、どう思うだろうか。

「あっ!」

突然、他のことを思い出す。

「今何時!?」

「今?　九時半だけど」

「電話しなきゃ!」

九時半なら、閉店時間に間に合う。

「どこに?」

「ぶたぶたさんに!」

首を傾げる夫をそのままに、風子は喫茶店に電話をした。

コール一回でぶたぶたが出る。

「すみません、お金払わなかった！」

「ああ、とりあえずお連れの方が払っていかれましたよ」

「ええっ⁉」

どう対処をしたらいいんだろうか、これ……。

「森泉さんに払っていただくって言ったんですけど、どうしてもって」

「すみません……」

「いいえ、うちは別に……。それより、お連れの方、ずいぶんびっくりしてましたよ」

「……どうして？」

「秘密のこと、話してないって言ったら」

風子のあの言い方では、秘密を話して会員になった、と思われても仕方がなかった。でも、まさか亜里砂が知っているなんて思わなかったから。うかつで能天気で、まったく自分はおめでたい奴だ。

「すみません、なんか……巻き込んでしまって」

「森泉さんこそ、大丈夫ですか？」

「あたしは……平気。あの、明日お金払いに行きますね」

「ああ、急がなくてもいいですけど」

「ダメ！　絶対明日行きます」

「わ、わかりました」

電話を切ったあと、しばらくケータイを見つめる。履歴を見ても、亜里砂からの着信もメールもない。

その夜結局、風子の電話が鳴ることはなかった。


次の日、お店に行ってお金を払う。

「ほんと、急がなくてもいいのに……」

「だって……あたしのせいですから……」

昨日は自己嫌悪に苛《さいな》まれていた。あんないたずらなことさえ言わなければ、こんなことにはならなかったのだ。

昨日はいろいろ考えたのだが、まとまらなかった。どうして亜里砂は、風子の秘密のことを最初に言わなかったんだろう。昨日、あそこへ行かなければ、ずっと黙っているつもりだったんだろうか。

「ぶたぶたさん……あたしの秘密って、ほんと、実は大したことないんですよ」

ぶたぶたは聞きたくないだろうが、言わずにはいられなかった。

「ただちょっと恥ずかしいというか……人によっては隠すようなことでもないってことで」

長年の自分自身のキャラとのギャップと、妙なプライドのせい。

「一年前、サイトを立ち上げたんです。少女マンガテイストの恋愛マンガのサイト」

昔、「ヘタクソ」と言われてあきらめた少女マンガ。中高生の頃、勉強のつもりで読んではまってしまった恋愛小説やハーレクインロマンス。いつの間にか離れてしまったけど、大好きだったものたち。

「砂を吐くほどらぶらぶであまあまで、ご都合主義的ハッピーエンドばかりの作品を載せてるんです」

ああ、ついに言ってしまった。

「自分の絵だとわからないように、タッチを変えて。普段の自分と離れよう離れようとすればするほど、激甘なものに仕上がるんです。絶対にありえないような恋人とのらぶえっち満載のサイトですよ！」

ほとんどヤケクソで、風子は叫ぶ。

「あ、そう……なんですか？」

ぶたぶたの点目が、ますます点になっている。しかも半疑問形だ。

「でも、あたしのキャラじゃないんです、そういうのは……」

風子の絵は、『突撃シンドローム！』みたいな明るく元気でかわいい女の子ががんばる物語に合っている。青春、友情、努力という言葉が似合うような、等身大で自然体で、まっすぐなイメージだ。男の子はさわやかだが不器用で、恋愛なんてからっきし、という感じ。

間違っても、王子様のような御曹司との甘い恋とか、幼なじみとのじれったくも切ない恋とか、高校生同士の初恋なんてのを描くのには向いていない絵柄なのだ。

でも、風子はそういうものが描きたくて描きたくて仕方がなかった。それはやはり、昔ヘタクソと言われてもこりずに描き続けていたほど好きだったからだ。描き始める前は、ネットでそういうウェブコミックやオンラインノベルを読み漁り、切なくてボロボロ泣いて、仕事のストレスを解消していた。だが、読むのも楽しいが、描く楽しみも知っている。

しかも描き始めたら、止まらないほどはまってしまった。自分がプロであることも忘れた。アマチュアの頃、好き勝手描いていた頃の熱を思い出すほど。

普段の風子はミステリーやホラー小説などを読み、アクションやSF映画が好きで、ゲームやアニメにくわしいオタクな女子として生活をしている。友だちも自分のことを、そういう人間として見ている。恋愛小説も恋愛映画も好まないし、ましてや自分でそういうものを描こうとは――。まともにたずねられたら、

「向いてないから描かない」

としか言わないはずだ。

でも本音を言うと、

「下手だから描かない」

あるいは、

「恥ずかしいから描かない」

だけなのだ。いや、「描かない」ではなく「見せない」だ、今の状況は。描いてるんだから。

こっ恥《ぱ》ずかしい甘いセリフやラブシーンとか描いていると、欲求不満だとか思われない

だろうか、という邪心が入り込んでくる。「柄にもなく」とか言われたら傷つく。立ち直れない。突然の路線替えを拒否したり、戸惑ったりする友だちの反応を想像しては落ち込むくらいの小心者なのだ。

「たかが妄想なのに」と言われることもわかっている。考えるだけなら、何の罪も咎《とが》もない。なのに割り切れない。

本当の自分はどっちなのか、と思うくらい、悩んだのだ。

だから、サイトを立ち上げる時は、細心の注意を払った。なぜか一番バレてほしくないのは夫ではなく友だちだったし、彼は人のパソコンをいじるようなことはしないから、家では描いているところさえ見られなければよかった。だから、あとはメールアドレスや名前、プロフィール、サイト専用のブログに書く内容などに気をつかえば、誰にもわからないだろう、と思っていたのだ。たとえ、見られても。絵を変えることも、一応プロなので、ちゃんとできていると思っていたのに。

「いったい何が一番いやなんですか、そのサイトがバレると」

ぶたぶたが、コーヒーをいれ直してくれた。

そう問われると、ちゃんと答えられない。ヘタクソで恥ずかしいくせに、公開するためにサイトまで立ち上げて、今更何を言っているのやら。

「わかんないんです……。だから、亜里砂に対しての感情もわからない……」

自分は彼女に怒っているのだろうか。でも、彼女はまだ大したことはやっていない。せいぜいハンドルネームをバラしたくらいで、しかも聞いていたのはぶたぶた一人だ。秘密が漏れることも考えにくいのに――何だろう、この苛立ちは。

「相変わらず、ヘタクソだなあ、なんて笑われていたのか、と思ったというか……」

だって、サイトの絵は、中学の頃に描いていた絵を思い出しながら作っていったものなのだ。あの頃は、画力がなくて自分の描こうとしているものがちゃんと表に出てこなかった。今だってそうなのだが、中学の頃よりはましだ。だからつまりそれは――。

「中学の頃から、成長してないなあ、とか……」

テクニックだけでなく、妄想の内容も、ということ。それが、一番恥ずかしいことかもしれない。三十五歳で、結婚してて、それなりの恋愛経験も人生経験もあって、仕事も持っていて、実家や子供やマイホームやお墓のこととかもいろいろ計画しているのに、頭の中で妄想しているのは、中学の頃から変わらない、甘く切ないラブロマンス。

「やらしいお話を描いてることは、そんな恥ずかしくないの。それは、当たり前のことじやない。旦那だっているんだし。それより、思春期の女の子みたいに乙女なことを考えていたのをバレたのが、一番いやだったのかも」

今時の十代は、そんなに乙女ではなさそうだが。

本当は歳なんか関係ないのだろう。男女だって、関係ないかもしれない。いつから始まるかだって。でも、やはりそんなに開き直れないのだ。まだ始めて一年足らずでは。

「だから、あんなに過剰に反応して——って、何してるの!?」

ぶたぶたが、自分より大きいノートパソコンを出してきた。

「いや、森泉さんの隠しサイトを見たくなって」

「見なくていいよ!」

昨日並に風子はあわてた。

「見ないでー!!」

「えー、見たいですよ。URL、教えてください」

「いや!」

「じゃあ、〝スガミナ〟で検索しようかな」

ぶたぶた——かわいい顔して極悪非道だ。

「ただ公開してるだけなんですか？　創作系のサーチとかランキングとかにも登録してません？」

ぐっと言葉に詰まる。

「け、けっこう知ってるじゃん！」

登録してるけど。

「作品は見ませんから。教えてくださいよ」

「……わかったよ」

あとで検索されて内緒で見られるよりも、目の前で見られた方が、まだいいかもしれない。

ぶたぶたは、壁から伸びたケーブルをパソコンに差し込み、電源を入れた。

「このパソコンって、私物？　それとも店の備品？」

「備品です。わたしがここの店のサイトの管理もしているので。ヒマな時にやってます」

――何だこのぬいぐるみ。おいしいコーヒーいれて、ケーキ作って、パソコンも使えるとは。いったいどれくらいできることがあるんだろう。ガチャピンみたいな奴だ。中に人がいるのかな。

ぶたぶたは、手慣れた様子でマウスを濃いピンクの布が貼られた手で操り、ブラウザを立ち上げた。

「自分で入れますか？」

仕方なくブラウザにＵＲＬを手打ちして、トップページを呼び出す。

「あ、きれいなサイトですね」

感心したようにぶたぶたが言う。ちょっとうれしい。

「そうでしょ。表のブログはテンプレート使ってるだけの手抜きなのにね」

素材や写真も自分で作ったのだ。表のブログなんて、何か仕事でお知らせがないと更新しないのに、こっちはほぼ毎日。完全趣味のサイトなのにこの情熱には、我ながらあきれる。

「プロフィール――関東出身、東京在住の……」

「ぎゃああっ、読まないで！　どこも見ないでよ！」

見せておいてこの言いぐさはない、とまたまた我ながら思う。

「うちの店のこと、書いてくれてますね。ありがとうございます」

「それはあとでゆっくり読んでよっ。いったい何しようとしてるの!?」

「いや、過去ログが見たいなあ、と思ったんです」

マウスを動かしながら、ぶたぶたは言う。

「何の過去ログ？」

「掲示板とか拍手レスとかの」

拍手レスというのは、「ウェブ拍手」へのレスポンスのことだ。ウェブ拍手というのは、作品のページなどに設置されたボタンをクリックするだけで作者に応援の気持ちを送信できるツールのこと。短文のメッセージを添えることもできるから、小説やマンガのちょっとした感想を送ってもらう時に重宝する。

「掲示板は一年前のログがまだ残ってると思う。拍手レスはブログにあるよ」

基本的に正体を隠してやっているから、メールアドレスはさらしていない。掲示板の書き込み、ブログのコメント、そして拍手レスでコミュニケーションをとっているのだ。それがすべてだから、ちゃんとバックアップを取ってある。もしログが消えていても、家に帰れば見られる。

「そんなの見て、どうするの？」

「いや、何となく——」

ぶたぶたは、かちかちクリックをしながら、ログを過去にさかのぼっていく。

「概《おおむ》ね作品は好評のようですね」

「ああ、うん……。みんな優しくて。たまにきついことも言われるんだけどね。管理人にしか見えないコメントとかは、そうだったりもするの」

でも、仕事の作品をけなされるよりはダメージは少ない。自己満足でやっている、という自覚があるからだろうか。仕事はお金をもらっているから、ある程度の水準をクリアしていないとダメ、という意識がある。だから、けなされると「プロ失格」みたいな気分になって、ものすごく凹《へこ》むのだ。

「この人、サイト開設の頃から、ずっと感想寄せてくれてますね」

ぶたぶたが指さした(?)のは、〝まるほん〟というハンドルネームだった。主にウェブ拍手で短い感想をこまめに送ってくれる人だった。新作を更新すると、真っ先に拍手をくれる。待っていてくれたんだな、と思うとうれしくなる。

「ブログのレスだと、どんなメッセージをくれたのかわかりませんけど——いくつくらいの人なんでしょうね?」

「さあ? でも、そんな極端に若い感じはしないなあ。二十代後半くらいって思ったんだけど」

　ぶたぶたにつられて過去ログをみてみると、〝まるほん〟が初めて拍手を送ってくれたのはサイト開設三日目のことだった。たくさんの人が入れ替わりする中、最近までずっと来てくれている。開設当初からずっと同じ名前で応援してくれている人はあまりいない。

　でも、サイトの常連——つまり読者が喜ぶものを描くためには、とても貴重な意見をくれる人たちなのだ。名乗らないで拍手やコメントをずっと送ってくれる人も、もちろんいるけれども、名前を知っていると、やっぱり親近感が湧く。特に風子は、周囲に内緒にしているから。

　〝まるほん〟の意見はその中でも特に印象深かった。短く簡潔な文章で、面白かった時は手放しで絶賛してくれる。いまいちの時は鋭くも気遣いのある指摘や意見で、逆に励ましてもらえる。ほめられて育つ子である風子にとって、彼(あるいは彼女)の言葉は素直に聞けるものだった。

　掲示板やブログのコメントにも、〝まるほん〟の書き込みが残っていた。それを読んだぶたぶたが言う。

「この人は、森泉さん——スガミナさんのファンなんですね」

「そう……なのかな？」

森泉風子のファン、というのは、悠のように目の前に現れて「ファンです」と言ってくれることを頭の中にイメージできるけれども、ネットを介してしか知らない人と会うことなど、あまり考えたこともなかった。元々ネットに対してそう熱心に取り組んでいなかったというのもある。サイトを開設する前は、編集さんにすすめられてブログを立ち上げたくらいだ。

うれしさが先に立ったレス当時より、今改めて〝まるほん〟の感想を読み直すと、本当によく見ていてくれている、と思う。浮かれ気味の自分のレスが恥ずかしい。〝まるほん〟の感想は、いつでも冷静で的確で――端正だった。

ぶたぶたは、過去ログにすべて目を通してから、おもむろに言った。

「わたし、この〝まるほん〟さんって人、高橋さんじゃないかって思うんです」

――一瞬、「高橋って誰？」と思う。すぐに亜里砂のことだとわかったが、その時、突然浮かんできたものがあった。

部活で、みんなで原稿を描いていた時、ページの最後に何かサインを入れようという話になった。あまり大きくてもださいし、ちゃんと読めなきゃ意味がない。みんな小さいスペースにいろいろ凝ったサインを作って盛り上がっていた。

「ねえ、亜里砂はサイン、どんなの？」

誰かがそうたずねると彼女は笑って見せてくれる。

それは丸の中に「本」の文字だけ。本上の「本」だ。

「ええー、つまんないー」

みんなにそう言われても、亜里砂はにっこり笑うだけで、そのサインというより目印をずっと使い続けた。

あまりにも普通すぎたから、今まで忘れていた。


その時、インターホンが鳴る。

ぶたぶたがドアスコープをのぞくと、鍵を開ける。

「どうぞ」

入ってきたのは亜里砂だった。二人で驚いた顔を見合わす。

「……仕組んだの？」

疑心暗鬼になっていた風子がつぶやく。

「違いますよ。『明日来る』とは、昨日彼女が言ってましたけど、時間が合うとは限らなかったわけだから」

そう言って、ぶたぶたはにこっと笑った。

「わたしはいつでもいいって言ったじゃないですか」

「創作系のサーチエンジンをいつも見てて——その新規登録から、風ちゃんのサイトを見つけたの」

亜里砂がぼつぼつと話し始めた。

「でも、最初はわからなかった。何となくなつかしい感じはしたんだけど、それもなぜだかわからなくてね。単純に作品が面白いし、更新も早かったから、毎日のように行ってたの」

一年前、亜里砂も風子と同じように、ウェブコミックや小説を読みあさっていたという。子供の中学受験や親の入院など、大変だったことがいっぺんに片づいてしまい、ぽっかり時間ができたのだ。最初はマンガだけを読んでいたそうなのだが、そのうち何でも手を出すようになった――という事情まで、風子によく似ている。

「けどそのうち、何でなつかしいかわかったの。風ちゃんの絵に似てるなって気がついて。そしたら、すぐにつながったの。〝スガミナ〟ってハンドルネームも、昔のペンネームをもじったもので、あの頃のような絵でマンガが描きたくて、ここを立ち上げたんだなって。でも、その時はまだ、風ちゃんが森泉風子ってイラストレーターになってて、けっこう有名だって知らなかったの」

「え、そうなの……？」

「中学のマン研の子に訊いたら、すぐに作品名が出てくるくらいだったのにね。あたしは知らなかったの。ごめんね」

「じゃあ……ほんとにあのサイトのマンガが面白いと思って……」

開設三日目に「更新楽しみにしています。がんばってください」と送ってくれたのか。

「うん。あたし、けっこうネットのコミック読んでるけど、風ちゃんのはすごくいいよ。あたし純粋にファンなの。『突撃シンドローム！』みたいなイラストもいいと思うけど、あたしはあのサイトのマンガが大好き。昔、ストーリー作るの苦手だって言ってたけど、ちゃんとツボ押さえてるし、けっこうひねってもいて、飽きないよ」

「でも……ああいうロマンス小説みたいな恋愛ものって、おんなじような話が多くて――」

風子も言われたことがある。そういう点では、どうしても突き抜けた話にならないのだ。

「でも、ああいうウェルメイドな恋愛を読みたいと思う人も時も、そんなに少なくはないと思う。現実逃避って言われちゃうかもしれないけど、いいじゃん、逃避できるだけ。でも、風ちゃんは逃避じゃなくて、好きなんでしょ？」

「……うん」

初めてそんなことを口に出して言った気がした。ハッピーエンド大好き。らぶあま上等。きゅんとして泣ければ最高じゃん！ ……とまでは言えないけど。

「だったらなおさらだよ。好きなものを好きなだけ書くといい」

真っ正面からそんなことを言われて、風子は胸が震えた。いい歳して乙女な女を、亜里砂は笑ってはいなかった。他の作品と同じものとして、ちゃんと評価してくれていたのだ。

「でも、あたしも昔と同じようなハンドルを使ってたんだけど――風ちゃんはわかんなかったね」

痛いところを突かれて、風子は何も言えなかった。あたしは、昔から鈍かった。それも、変わらない。

「コーヒー、どうぞ」

ぶたぶたに声をかけられて、二人は同時に振り向く。

カウンターの中で、ぶたぶたが二つコーヒーカップを差し出していた。

「亜里砂も、何か描きたいんじゃない？」

「……うん。風ちゃんのを読んでてそう思ってた」

「サイト、やる？」

「やろうかな。できるかな、あたしに」

「できるよ。ここにパソコンやネットにくわしい人もいるし」

ぶたぶたが、ん？　と首を傾げる。

「わたしですか？」

「そう。手伝ってよ」

「ヒマな時ならいいですよ」

あっさりと承諾してくれるが、こう見えて彼は忙しいのだ。

「亜里砂。どんなものが描きたいの？」

「ファンタジーもの。いい歳してって笑わない？」

「笑わないよ。そうだ、『従者フェルナンド』ってどう？　あ、賢者の方がいいかも」

ぶたぶたは、スツールの上に座って、カウンターの中を拭くタオルを丁寧に折っていた。

「あんな感じの？」

「そうそう」

亜里砂は急に黙り込み、何かを考え込んでいるようだった。その日の夜のうちに、ぶたぶたそっくりの新しい『賢者フェルナンド』の表紙のラフが、メールで届いた。彼は、コーヒーカップとアップルパイを差し出して、にっこり笑っていた。点目だけど。

雪の夜

「お、こんばんは」

声をかけられて、一瞬誰かと風子は思った。薄暗い店内に目をこらすと、カウンターに座っているのはこの店のオーナー、右京だ。

「あ、お久しぶりです。その節は、どうも――」

頭を下げてから、店内を見回す。ぶたぶたは？

いた。いつものスツールの上。定位置だが、今日は体勢が違う。身体を丸めて眠っている。か、かわいいっ！　亜里砂に見せてやりたい！　あとで写メール撮ろう。

「お客さん来ないし、二人で飲んでたら、寝ちゃったよ」

ぬいぐるみだし、こんなにかわいいので、お酒が飲めるとか想像したこともなかった。だいたい、飲んだ酒がどこに行ってしまうのか、気になったらこっちが飲めないではないか。

「一服盛ったんですか？」

「そんな人聞きの悪い。いつもと同じように飲んでただけだよ」

酔っているせいなのか、タメ口なのはどうだろう。一応お客なんだけど――ってあと三十分で閉店だが。今夜は夫が会社の飲み会なので、帰りにここで待ち合わそうということになっているのだけれど、この時間まで連絡がないということは、今回も彼はぶたぶたに会えそうにない。

「最近忙しかったから、寝不足なんだって。普通はこんなんで寝ちゃったりしないんだけど」

「そんなに忙しかったんですか？」

「新作のデザートを考えてるからね、今」

そういえば、ここに来てから一号店や二号店には行っていない。デザートの類《たぐい》は、もっぱらぶたぶたが作っているのを見るだけで、食べるのは例のアップルパイのみ。たまにガトーショコラのはじっこ切り落とした奴とか、変形したクッキーとか、そういうおまけはあるけれども。

「ぶたぶたさんが考えるんですか？」

「そう。このアップルパイだって、彼がレシピ作ったものだしね」

「へえー！」

それは知らなかった。いや、そうなんだろうな、とは思っていたけれども。

「どうやって考えたんでしょうね、これ」

「うーん。考えたのは、彼だけじゃないんだけど」

「え、誰か有名パティシエとか噛んでるんですか？」

「いや、違う。僕です」

「えーっ！」

思わず大声をあげてしまう。

「何ですか、そのいやそうな顔は」

「だって……何だかイメージと違う……」

けど彼は、あのアップルパイが大好きなんだっけ。

「もしかして、それがぶたぶたさんと出会ったきっかけですか？」

「うん……そうだね」

彼はそう話しながら、風子のコーヒーをいれてくれた。その一連の動作が、他の店員と、ぶたぶたとさえ同じなのに妙に決まっていて、ちょっと癪だった。

「前、ぶたぶたさんにオーナーと友だちになった時のことを聞いたら、『長くて退屈な話なだけ』って言ってたけど――そうなんですか？」

「そうかもしれない」

でも彼は、笑っていた。

「長くて退屈でもいいから、聞かせてくださいよ」

右京は、ぶたぶたにタオルをかけてやってから、

「いいですよ」

と言って、話し始めた。

＊　＊

彼に初めて会ったのは、とある喫茶店だ。

今時珍しい〝純喫茶〟の看板が残っている店で（本当に残っているだけだったが）、彼はそこの厨房で働いていた。「純粋に喫茶のみを扱う」純喫茶どころか、ほぼ定食屋に近

かったけれど、彼のコーヒーも料理も上手《うま》かったし、采配も申し分なかった。自分とアルバイトの女の子二人で忙しいランチと夜のバータイム（というより、ほとんど居酒屋）まで完璧に仕切っていたのだ。とてもそんなことなどできそうにない外見なのに――。何しろ、ぬいぐるみだし。彼は昔も今も、やっぱりぬいぐるみだけど、そこらの使えない人間よりもずっと上等な人なのだ。

喫茶店の客は、皆常連のようだった。彼の存在が店のすべてで、コーヒーと食事はおまけ、と思われるかもしれないけど、実は彼の作る料理と彼の存在を天秤《てんびん》にかけたら「どうしよう」と悩む人がたくさんいたのも確かなのだ。僕だって、その一人という自覚があった。

僕が好きだったメニューは、オムライスと半ナポリタンとコールスローサラダがひと皿に盛られたランチオムライス。ボリュームがあって速くて、なつかしい味。チキンライスとナポリタンに、ケチャップだけでなく、ウスターソースや自家製デミグラスソースを混ぜるのがポイントらしい。

そんなに忙しくないと、たまに彼自身が料理を運んできてくれる時があって、それがまた楽しみだった。頭の上に大きな皿を掲げて、つぶれそうになりながら持ってくるんだ。

とにかく目が離せない。これで相手が女の子ならば、恋をしている、ということなのだろうが、似ているようで、そうじゃないようで——。

彼を見ていると、なぜか小さい頃、沼の浅瀬のほとりに座り込んで、泥の中から顔を出すドジョウを飽きもせずに見つめていたことを思い出す。自分とは違う世界を生きているはずのものが、自分のそばで動いていること——それが不思議でたまらなかった子供の頃に戻ってしまうようだった。


店を見つけたのは偶然だった。仕事で訪ねた友人のインテリアコーディネーターの事務所がこの近所にあったのだ。以前は違うところにあったのだが、先日ここら辺に引っ越してきたばかり。事務所の地図を送ってもらったのに忘れてきてしまい、適当に歩いていたらその喫茶店を見つけたのだ。

最近めっきり見かけなくなった純喫茶。そこに会社の同僚らしき四、五人の男女が談笑しながら入っていく。昼を食べに来たらしい、というのはわかるが、なぜあえてここに？

そんなことが気になって入ったら、彼がいたわけだ。以来、時間を見つけて通った。わざわざ電車に乗って来ることもある。カウンターからだと厨房が見えるので、そこで料理を作っている彼を見るのが好きだ。昼間は料理の注文が多いので表に出てこないが、夜になるとカウンターにいることもある。カクテルを作ることもあった。

何回か行って、言葉を交わすようになると、彼は意外に話し好きであるとわかる。というより、聞き上手《じょうず》、というべきか。こちらの話にただ軽く合わせているように見えて、その実、きちんと聞いていて、適切な言葉を絶妙なタイミングではさんでくる。落ち着いた嫌味のない口調と渋い声がかわいらしい外見とまた似合わなくて、非常に微笑ましい。

僕は、ただ見ているだけではなく、次第に彼と話すのが楽しくて、その喫茶店に通うようになった。

ある冬の夜、閉店時間近くに店へ行くと、彼が表の看板をしまいかけていた。降りしきる雪にまみれて、まるで小さな雪だるまのようだった。ビーズの点目のかわりに、タドンでもつけてあげたい、と思うほど。

「もう終わりですか？」

「あ、はい。お客さん、今日はこの天気ですから、いらっしゃらなくて――」

朝から降り続けている雪は、夜になって勢いを増した。

「そうですか……。じゃあ、手伝いますよ」

僕は、彼がしまおうとしていた看板を持ち上げた。重い。どうしてこんなものを、彼は片づけられるのだろう。

「あ、すみません！　ありがとうございます」

「いえいえ、こんなの朝飯前です」

本当に大したことではない。彼にとってはきっとそうではないのだろうが。

「それじゃ、帰りますね」

そう言ってきびすを返した時、

「あ、交通機関に支障がなければ、少し寄っていきませんか？」

〝準備中〟の札をドアにかけながら、彼が言う。

「え、いいんですか？」

正直に言うと、ここで飲んで、友人の事務所に泊まるつもりだった。こんな雪では、電車も止まるし、タクシーも危ないだろうから。

「いいですよ。まかないでよければ、夕飯もごちそうします」

「それはうれしいなあ」

悪いと思う気持ちもあったが、彼と二人で話ができるということへの好奇心の方が強かった。まかない料理がどんなものかも興味がある。

「残り物で悪いんですが――まあ、肴《さかな》がわりということで」

彼は、何の変哲もない肉炒めやポテトサラダ、野菜のコンソメスープ煮などを出してくれた。まかないというより、人のうちに遊びに来たような気分になる。

「ご飯いりますか？」

「はあ、いただきます」

そんなに空腹ではないと思っていたのだが、いい匂いに誘われて腹の虫が主張を始めた。ご飯も食べつつ、差しで飲み始める。珍しく日本酒だ。二人で飲むのは初めてだが、何だかペースが同じくらいで、合わせる必要もなく、気の置けない友人と飲んでいるようだった。

つらつらと話しているうちに、彼がここの雇われマスターだと知る。

「オーナー――っていうか、ママなんですけど、歳を取ってできなくなってきちゃったので、わたしが引き継いだんです」

「そうなんですか」

「昔からの常連さんもいるし、店を閉めたくなかったんですって。昔のママはそりゃあ美人で、彼女目当てのお客さんがたくさん来てたんですってよ。もちろん、コーヒーもおいしかったって、当時からのお客さんが言ってましたけどね」

なるほど。今とほとんど同じ、ということなんだ。

「それとママは、人の話を聞くのが大好きで、特に秘密を聞き出すのがとても得意だったんですって。白状させられた人がたくさんいたみたいですよ」

「あなたも白状させられたクチですか？」

「わたしですか？　うーん……まあ、わたしは見た目がすべてみたいなもんですからね」

そう言った彼の点目が、少し淋しそうだったのは、気のせいだろうか。

「それをこうして雇ってくれてるっていうのが、ママの人徳ってことなんじゃないでしょうか。わたしなんか、まだまだです」

「でも、昔の常連さんもいまだに通ってくれてるんでしょう？」

「まあ、そうですね。もちろん来なくなったお客さんもいますけど」

「でも、新しい常連もいる。僕みたいな」

「そうですね」

彼の顔が少し明るくなって、こちらも安心する。

「僕も秘密を話したくなりました」

「酔ってます？」

「いえ、日本酒は久しぶりですけど、そんなに酔ってません」

けっこう強い方なのだ。

「実は僕、喫茶店の経営をしてるんです」

「……それが秘密ですか？」

「いえ、違います」

いくらなんでも同業者であることが秘密なんて言ったら、外でお茶も飲めなくなる。

「珈琲専門店なんですけど、来期からデザートに力を入れようという話をしているんです」

今までもホームメイドのケーキやクッキーなどを出していたが、もう少しオリジナリティのあるものが欲しい、ということになったのだ。メインはもちろんコーヒーなのだが、女性客をつかみたい、という現場スタッフの要望もあり、メニューを試作したりしている最中だった。

「有名なパティシエの人にレシピを作ってもらっているんです。こっちの希望なんかを言って」

「ほお」

「いろいろ上がってきてて、スタッフからの評判も上々なんですが……僕は何だかモヤモヤしてて」

彼は首を傾げた。

「作ってもらいたいと思っているケーキがあるんです。昔食べたものなんですが、どうしても言い出せない……」

「どうしてですか？　具体的なことが思い出せないとか？」

「いや、だいたいは……アップルパイなんですけど」

「食べたのはいつ頃なんですか？」

「中学生の頃ですかね」

「味自体を忘れてしまったとか？」

「いえ、憶えてます」

はっきりと、とは言い難いが、昔のことにしては憶えている方だと思う。

「憶えているだけのことを伝えるだけでも、パティシエなら再現してくれると思いますよ。プロなんですから」

「それはわかってるんですけど……食べた場所というか、状況が問題なんです」

彼の首がますます傾げる。身体にしわがどんどん寄っていく。

「中学生の頃、実は僕はとても太っていまして……親からダイエットを命じられてたんです。大好きだったお菓子やケーキを全部禁じられて、いつも甘いものに飢えてたんですね。どれくらい飢えていたかというと、毎晩お菓子を食べる夢を見るくらい」

今から考えると、そういう夢を見ていたからつらいダイエットも何とか乗り切れた、と思えるのだが、その当時はもう地獄のようだった。起きた時の失望感と言ったら――大人になってからも様々な失望を味わっているが、あれはある意味、トラウマになっているほどだった。太っていることで小学生の頃からいじめられて、とてもみじめな思いを味わったというのに、それよりも夢の中の自分が動物のように菓子を貪《むさぼ》っていた光景の方が強烈だった。今でも忘れられないほど。たかがダイエットくらいであんな夢を見るなんて、何て情けない恥ずかしい人間なんだと自分を罵《ののし》ったものだった。

だから、これは誰にも言ってこなかった。高校以降の友だちや知り合いは、僕が太っていたことやいじめられていたことを知らない。別に言う義務もないのだが、必要以上にこだわって、なのに目をそらしている自分がいるのもわかっている。太っていてもやせていても、自分は自分なのに——そう知っているはずなのに。

「夢の中で食べたお菓子や食べ物は、みんなおいしかったですよ。本当に夢のように。恐ろしい組み合わせのものもありましたけどね」

「……どんな組み合わせなんですか？」

「『あんみつラーメン』って名前がついてましたけど、ラーメンの上にあんこがどっさり載ってるんです」

彼の顔に嫌そうなしわが一筋浮かんだ。

「それは……あんことラーメン、大好きだったんですね……」

「そうなんです。現実にはありえないし、あっても食べたくないでしょ？　でも、夢の中だとめちゃくちゃうまいんですよ。口の中であんことラーメンの味が分裂するんですけどね」

混じった味にはならなかったのだ。一緒に口に入れていても、別々の味を同時に感じていた。今思いだしても不思議な感覚だ。

「けど、めちゃくちゃうまいとは言っても、それは現実の味の何倍増しって感じなんです。食べたことのないものは出てこなかったんです。たった一つを除いて」

「それが、もしかしてそのアップルパイですか？」

「そうです。アップルパイ自体は食べたことありましたけど、ああいうのは食べたことがなかった。

夢の中で、母がそのパイを作ってくれたんです。現実にはケーキ作りなんてしない人だったんですけど、そのせいか『失敗した』って言って。

アップルパイを切ると、中からとろっとしたカスタードソースとともに、さいの目に切られたリンゴもこぼれ出てきて――母の言う失敗とは固まらなかったことらしいんですが、食べたらおいしかったんです。とろとろのソースと歯ごたえが残っているリンゴが、ちゃんと混じった味がしました。食べたことのないものを食べたのは、あの夢だけです。

それを再現して、店で出したい――というか、自分が食べたいだけなんですが、どうしてもパティシエに言えないんです。夢の中の食べ物だし、再現できなかった時のことを思うと、何だか恥ずかしくて」

いい歳をした男の考えることではない、と思うのだが、そんなことで最近悩んでいたのだ。あの味が再現できたら、きっと評判になる。だが味を知っているのは自分だけで、つまりそれは、自己満足なだけではないか？　と思うと、さらに言えない。

「ふーん——でも、おいしそうですね。わたしも食べてみたいですよ、そのアップルパイ」

彼がにっこり笑って、そう答える。

「もう一度、あの夢が見られるのなら、本当に作らなくてもいいんですが、見られないんですよ。やせて食生活が普通になったら、食べ物の夢は特に見なくなりましたし。ていうか、夢自体、最近見ないです」

「見たって記憶はあっても、中身までは憶えていなかったりしますね」

「ああ、ありますね」

そんな時に、あのパイを食べていたりするのかな、とちらりと思うと、かつての自分の浅ましさが甦《よみがえ》ってきそうで、ちょっと怖かった。

そのあとは、仕事やアップルパイの話から離れて、他愛ないことを二人で話した。彼は、この店の二階で寝起きしているという。かつて、喫茶店のオーナーが家族と暮らしていたらしい。夫婦と子供四人で。

「今は一人ですか？」

「そうです」

淋しいですね、と言いそうになったが、やめた。彼が淋しいかそうでないか判断するなんて、余計なお世話もいいとこだ。

夜更《よふ》けまで二人で飲んで、少し雪が小降りになったところで、僕は店から辞した。足首まで埋まるほど積もった雪の中を歩く。心地よくほてった頬に、冷たい雪が気持ちよかった。

そういえば、ダイエットをしていた頃にも雪が降って、「これが全部アイスだったらいいのに」と思い、口を開けて歩いたこともあった。一度思い出すと、次々と浮かんでくる。あの頃のことは、親ともほとんど話さない。今日初めて、あんなに長く彼に話したのだ。

何だかすっきりした気分になっていた。これはただ単に話したからだけのことなのか、それとも彼に話したからなのか、わからなかったけれども。

それからしばらく忙しくて、あの喫茶店に行けなかった。新しいデザートメニューもようやく決まり、一段落した頃には、風に春の気配が帯び始めていた。

酒と夕食のお礼がしたかったのだが、ずるずると遅れてしまった。しかし、何をしたら彼が喜ぶのかがわからない。何しろぬいぐるみなのだし。謙虚な彼のことだから、多分「気にしないでください」とでも言うのだろうが、それでは気がすまなかった。

スナックのような重い木のドアを開けようとして、貼り紙に気づく。

『3月31日をもって閉店いたします。長年のご愛顧、ありがとうございました　店主』

呆然と貼り紙を見つめる。そんな、閉店なんて。僕がこんなにショックを受けているくらいなのだから、古くからの常連の人たちはどれだけ残念に思っているか。

しばらくドアの前に立ち尽くしたのち、意を決して店の中へ入る。意外にもいつもの雰囲気のままで、ちょっとほっとしたが、だからと言って貼り紙の内容が覆《くつがえ》るわけではない。

注文に来たバイトの女の子に、

「閉店するんだ？」

とたずねると、

「ええ、ママが亡くなって……」

そう言って肩を落とした。その様子にそれ以上声がかけられず、彼がどうしているのか訊くことができなかった。

ランチを食べて、帰ろうとした時、さっきの女の子がやってきて、紙切れを差し出した。

「あの、ぶたぶたさんがこれを――」

紙切れを開くと、携帯電話の番号と「連絡をください」という几帳面な文字が記されていた。

自分の店に帰ってから、休憩時間を見計らって電話をすると、すぐに彼の声が聞こえた。声だけ聞くと、あの外見は思い浮かばない。

「すみません。突然、連絡しろだなんて言って」

「いいえ、僕も話がしたかったんで。店のこと、残念です……」

長く皆から愛されていた店がなくなるというのは、ひどく切なかった。なじみになって短いが、商売柄もあって、愛着は他の常連たちに負けないつもりだった。自分の店もあんなふうに愛されたいと思う気持ちがあったから。

「ママが亡くなって、ご家族の方が手放すというものですから……仕方ないですよね」

「あなたはどうするんですか？」

「そうですね……まだちょっと考えられないんですが……閉店してしまったら、また改めて考えるつもりです」

しみじみした声に、僕は言葉を継げなかった。何か言おうと思っても、何も浮かんでこない。

「あの、連絡してもらったのは他でもないんです」

彼の声に我に返る。

「近いうち、できれば閉店後に、店に来られませんか？」

「いいですよ、ぜひ」

「また飲みましょう。いい肴があるんです」

「今週中にも行けますよ」

無理にでも時間を作るつもりだった。

明後日に約束をして、電話を切る。いい肴があるということは、酒を持っていこうか。ワインはどうだろう。

あの雪の夜のように、閉店間際に店へ行く。あの時と違うのは、客がいっぱいいるくらいで、他は何も変わっていなかった——と思ったが、一つだけ違っていた。

ケーキのメニューが増えていたのだ。チーズケーキ、ガトーショコラ、洋梨のタルトなど。今まであったのだが、メニューの写真からすると冷凍物であることは確かだった。だが、新しいケーキには「手作りです」とわざわざ記されている。

「ケーキってまだある？」

隣の席の中年の女性がバイトの子に訊いている。

「すみません、今日はもう終わっちゃって——」

「そうなの？　もっと早く来ればよかった」

「夕食時には、だいたいなくなっちゃうんです。お持ち帰りもあるし」

「ぶたぶたさんも、もっと早くからメニューに出してくれてればよかったのにね。何で急にケーキなんか作り出したのかしら」

あるなら、僕もケーキを食べたかった。彼が作っているというならなおさらだ。甘いものは今ももちろん好きだし。

ビールとチーズで時間をつぶしているうちに、一人二人と客が帰りだし、いつの間にか席に残っているのは自分だけになった。バイトの女の子も、ぺこりと頭を下げて、店から出ていく。

「いらっしゃいませ。お待たせしました」

僕は土産のワインの入った袋を取り出す。

「今日はいいワインを持ってきました。お好きですか?」

「ありがとうございます。大好きです」

彼はこう見えてもけっこう飲めるのだ。

この間の時のように、素朴なおかずが並ぶカウンターに二人で座ってワインを飲む。ほどよくアルコールが回ってきた頃、彼は思い出したように立ち上がる。

「今日はあなたのために用意したものがあるんです」

そう言って奥の厨房から持ってきたのは、まぎれもなくアップルパイ。店のメニューにはなかったはずだ。

「ケーキのメニューは決まったんですか?」

「あ、ええ。決まりました」

「結局、アップルパイはどうしたんです?」

「……言えませんでした」

　というより、言わなかった。彼に言えたことで、一応の区切りがついたように思えたからだ。なのに——このパイは何だ?

「お話を聞いて、わたしも食べたくなったんです、そのアップルパイを。それで、聞いた限りで作ってみました。お菓子を作ることはほとんどなかったんですが、やってみると奥が深くて、とても面白い。はまってしまいましたよ。作ったケーキをお客さんに味見してもらううちに、すすめられてメニューにも載せ始めました。

　他のケーキはそんな感じでうまくいったんですが、あなたが話してくれたアップルパイだけはうまくいかなかったんです。切るとソースがとろっとあふれ出すようにはなかなかならないし、リンゴも種類や焼き時間によって歯ごたえや味も違う。レシピも試食もできないし、焼き上がってからじゃないとわからないから、試行錯誤の連続でした。幸い、失敗作を喜んで食べてくれる人だけはたくさんいたので、もったいないことはしなくてすみましたが」

彼はナイフを取りだし、パイ生地に刃先を入れた。サクッと心地よい音がする。

「一応、これがわたしにとっての完成品です。わたしが想像したとおりの味にはなっています。閉店までにできてよかった。もっとも、あなたが店に来ないと、どうにもできなかったんですが——こんなにおいしいパイができたことだけでもうれしいかな、と」

パイの切り口から、とろりとカスタードソースがあふれる。溶けたチーズみたいなさいの目切りのリンゴがたくさん入った、僕の夢に出てきたアップルパイとそっくりだった。

「普通のアップルパイみたいに焼きたてにアイスクリームを添えてもおいしいですが、どちらかというと私は、冷たくしてさっぱりと食べる方が好きです。あと実は、最初シナモン入れるのを忘れて作ってしまったんですが、ない方がいいんじゃないかと思うんですよね」

パイはほんのりと温かかった。中身がジュースのようなのに、生地はさっくり軽く、ほろほろと溶けるようだ。ソースはリンゴの酸っぱさとカスタードの甘さが混ざり合い、果肉を噛むとかすかにシャリっとした食感とさわやかな香りが口の中に広がる。こんなアップルパイは食べたことがなかった。本当に、夢のような味だった。

一切れを無言で食べ終わったあと、僕は愕然としていた。

「……どうしました？」

彼の目は、不安そうだった。こんな小さな点の中に、驚くほどの感情が隠れている。

「どうしましょう、ぶたぶたさん」

僕は、初めて彼の名前を呼んだ。

「夢に出てきたアップルパイの味が思い出せないんです」

「え？」

「味が上書きされてしまったようなんです」

僕の頭の中にしか存在していなかったパイの味は、現実にそっくりな形を持って現れ、本物の味を僕に与えたと同時に、消えてしまっていた。夢自体はもちろん残っているが、それはもう、夢でしかない。若い頃に見た思い出の夢。

「それは……悪かったですね」

「いえっ、悪くなんかありません！」

うまく説明できないけれども、彼は悪くない。

「むしろ、とても素晴らしい」

「え、そんな――」

「謙遜しないでください。僕のあれだけの話だけで、こんなおいしいものを、食べたことのないものを作るなんて」

ぶたぶたは、古びたスツールの上に立ち、身体を二つ折りにした。

「ありがとうございます、右京さん」

「これも店に出すんですか?」

「いいえ。とにかくあなたに食べていただこうと思って作ったんです。ちょっと手間もかかるので、店には出さないと思います」

「じゃあ、食べたのは僕だけですか……?」

「はい。完成品を食べたのは、あなたが初めてです」

「何だかもったいないですね」

「そんなことないですよ。考案者はあなたですからね」

そう言って、ぶたぶたは笑った。

＊　　＊

時刻は十時半になっていた。確かに長かったけれども、未だに夫からの連絡もない。オーナーの酔いも少し冷めたようだった。

「それでぶたぶたさんをスカウトしたんですか？」

「まあ、それもまたいろいろあったんですけど――そういうことです」

それも聞きたい、と思ったが、その時ようやく夫からメールが入った。

『やっと帰ってきたよー』

涙の顔文字つき。今日もやはり彼はぶたぶたに会えなかった。

「帰ります。お話どうもありがとうございました」

「ま、ほんとか嘘かの判断はまかせます」

「えっ!?」

ここまで話して嘘というわけ!?

「――ということです」

「ここで本当に秘密を言う必要ないって言ってたでしょ？」

「……ぶたぶたさんは、『秘密じゃない』って言ってましたよ」

風子の言葉に、右京はにやりと笑っただけだった。まったく——食えない男だ。

ぶたぶたが起きる気配はなく、すうすうと寝息をたてながら眠ったままだった。

「でも、アップルパイの話って、本当でしょう？」

「……まあ、そうですね」

わざわざそんな凝った嘘、つく必要もない。

「夢で何かが食べられるだなんて、うらやましい」

「そこですか」

「だって、いつも食べようとすると目が覚めてしまって。夢だし、お腹がふくれるわけでもないんだから、そんなに残念に思わなくてもいいのに、どうしてあんなにくやしいんでしょうかね」

オーナーが爆笑している。

「そんなに笑わなくてもいいじゃないですか！」

「いや、僕の夢もそんな感じで——どうしてくやしいのか、僕も思ってましたよ」

いくらオーナーが笑い声をあげても、ぶたぶたは起きなかった。ちょっと心配になるほどに。

写メールは……やめとこう。このまま寝かしといてあげよう。

夫と一緒に家に帰り、酔った彼を寝かしつけてから、亜里砂に電話をした。今日のオーナーの話は、亜里砂向きだと思ったからだ。夢で見たアップルパイ——に限らず、お菓子を復元させるパティシエの話。秘密じゃないって言ってたから、話してもいいはず。

「そういう特殊なパティシエの話も面白いけど、夢なのに食べられないことを思いっきりくやしがる風ちゃんとオーナーの話が面白い」

そう言われて、複雑な気分になる。オーナーと一緒にされてしまうのは、何だか不本意だ。

最近、亜里砂はサイト立ち上げのために作品を書きためている。家族にはまだ内緒らしいが、娘さんに描きかけの絵を見られてしまったのだそうだ。

「けど、『うまいじゃん』って言ってくれたよ」

そういうのって、それだけでも充分うれしかったりするのだ。

後日、亜里砂がサイトで一番最初に公開予定のマンガを送ってくれた。

最高の料理人としての称号を手にしているのに、とてつもなく不器用で、野菜一つ切れない女の子の話だ。

彼女がなぜ、最高の料理人と呼ばれているかが謎になっていくのだが、実はこれがその料理の夢を見せる、という特殊能力のせいで、というお話。その夢を見損ねたとある資産家が、彼女を狙ったりするエピソードも絡む。

たとえ夢でも、食い物の恨みは恐ろしい、という話になっていた。現実に味を再現するのは難しい、という設定になっているが、多分それは本当なんだと思う。

ぶたぶたとオーナーと、あのアップルパイは、とても幸運な出会い方をしたんだな。

そんなメールを亜里砂に送ると、

「ぶたぶたには、そういう出会いがいっぱいありそう」

とひとこと。

やっぱり亜里砂は鋭い女だ。

消えていく秘密

ずいぶんとぶたぶたのいる喫茶店に行っていなかった。

行きたい気持ちはあるのだが、あんなことをしでかしてしまっては、なかなか前のように気軽には行けない。

椛が店で倒れたあと、一度だけ陽と二人で店に行き、謝ったきりだ。椛にアップルパイをごちそうするという約束も果たされていない。そもそも彼女には、ずいぶんと長いこと会っていなかった。

このまま会えなくなるのか——そう思うと、気持ちが沈んでいくのがわかる。

「小野寺くん！」

名前を呼ばれたように思うが、気にしない。

「ちょっとー、無視しないでよー！」

……聞き憶えのある声に、ようやく顔を上げる。

「こっちこっち！」

声のする方に向くと、森泉風子が道の反対側から手を振っていた。

「どうしたんですか?」

道を渡って、彼女に問いかけながら近寄る。

「どうしたっていうか、今まで会ってなかった方が不思議だよ。あたしの家はこの近くだし、小野寺くんはここの学校に通ってるんだし。いつすれ違うかと思ってたんだけど、こんなに会わないもんだとは思わなかったよ」

「そーいうもんですか……?」

やはり彼女はちょっと変わった人だ、と悠は思う。

「ぶたぶたさんのところには行ってる?」

「いや……最近行ってないんです」

「どうして?」

「うーん……」

どうしようか迷ったが、彼女は吹聴するような人ではないと思ったので、

「一緒に連れていった人が、店で倒れたりして……ごたごたしてるうちに今になったってとこですかね?」

と言ってみた。

「えっ、そんなことがあったの!?」

「うん、けっこう大変でした」

椛が倒れてから、兄の陽の様子もおかしくなるし、家では両親が深刻な顔をしているし——悠にはくわしいことを何も言ってくれないので、不安ばかりが募《つの》る。

「その人にアップルパイを食べさせてあげるって約束してたんですけど、その前に倒れちゃったから——」

椛とは、倒れてから一度だけ電話で話したが、あんなふうになった原因が悠にあるのに、彼女は「ありがとう」と言ったのだ。なぜだろう。なぜそんなことを……。それもたずねたかったのに——。

「ねえ、小野寺くん」

風子の呼びかけに我に返る。

「何ですか？」

「小野寺くんさあ、その人のこと、好きでしょ？」

「なっ!?」

何てストレートな言い方をするんだろう、この人は！

「えっ、いや、そんな……！」

「感情だだ漏れって顔だよ」

力が抜ける。そう言われると二の句が継げない。

「でも……今はちょっと違うんですけど」

「そうなの？」

ぶたぶたの店に行った時には、確かにそれが人に言えない秘密ではあったのだが——あれから変わらざるをえなかった。

椛と陽の婚約が、破棄されるかもしれない。

彼女と兄が婚約していなかったら、と何度も思ったことがある。でも、現実にその可能性が出てくると、それが自分にとっても周囲にとっても——特に椛にとって、悲しくつらい出来事でしかない、とわかったことに愕然としていた。

このままでは、椛は幸せになれない。それが今、悠の心を占めていた。自分は椛に何もしてやれない、というのが充分にわかった上で。

「まあ、失恋したみたいなもので」

椛を幸せにできるのは、陽だけなのだ。

「そうなんだー。それはつらいね」

「けっこうふっきれてますけどね」

そんな場合じゃない、自分のことは後回しという感じだから。

「でも、そういうことなら、なおさらぶたぶたさんのところに行けば？」

「え？　どうして？」

「聞き上手だからね」

「でも……暗い話ですよ」

「けどね。あたし思ったんだけど——オーナーが秘密をしゃべれって言ったのは、絶対に漏れない自信があったからだと思うんだよね。ぶたぶたさんにしゃべったことは、秘密であろうと何だろうと、きっと外には知られないんだよ。そういうことをしゃべるために、あそこはあるのかもしれない。

ぶたぶたさんは、ぬいぐるみみたいに口が固いんだから」

「……ぬいぐるみじゃないですか」

「まあ、そのまんまだけどさ」

ふふふ、と風子は含み笑いをする。彼女も何かしゃべったのだろうか。

「けどほんと、行ってないのなら行ってみるといいよ。ぶたぶたさんも気にしてたから」

「ほんとに?」

あんなことがあっては気にして当然だろうが。でも、ちょっとうれしい。

「行ってみようかな……」

「それがいいよ。きっとぶたぶたさん、喜ぶから」


その足で、店へ行ってみた。鍵を差し込むと、何の躊躇もなく開く。いつか「他の店員がいると開かない」という話を聞いたが、それに当たったことはない。何だかそっちも気になってきた。人間だとは言っていたけれど、どうも怪しい存在に思えるのだが。

「いらっしゃいませ。あ、小野寺さん。お久しぶりですね」

「こんにちは、ぶたぶたさん」

相変わらずぶたぶた一人だ。あの風子と鉢合わせになった時以来、誰か他のお客と会ったこともなかった。鍵の番号から、十五人くらいは会員がいるんじゃないかと思うのだが、いつもはどこに消えているんだろう。

「先日は、すみませんでした……」

「ああ、そんなそんな。気にしないで。早く座ってください」

ここに来始めてから、悠が注文するものは決まっていた。本日のコーヒーか本日のブレンドのどちらか。

「今日はどうします？　ブレンドですか、コーヒーですか？」

変な訊き方だな、と改めて思いつつ、

「本日のブレンド、ください」

「かしこまりました。新ブレンドですよ」

いつもながら、ぶたぶたがコーヒーをいれる姿に見惚れる。つかの間の現実逃避。夢を見ているようだ。

いれたてのコーヒーを悠に差し出しながら、ぶたぶたは言った。

「……あのう、ところで、あのお嬢さんはどうしましたか？」

それは彼に訊く権利、あるよなあ。話しておくべきだろう。風子の言うとおりなら、外には漏れないだろうし。

「僕は、そんなにくわしくは知らないんですけど……あれから、一時期入院してまして」

見舞いには行けなかった。遠くの病院だったから。

「え、倒れたことが原因ですか？」

「いえ、違います。なんか……病気が見つかったみたいで」

それを椛の両親から知らされた時の陽の顔が忘れられない。ただ単に知らされたわけじゃない。向こうから婚約破棄を申し出てきたのだ。

「あの子は外国に行くだけの体力も気力もない。友だちもいない、言葉も通じないところで、病気を持ちながら暮らすことはできません」

立ち聞きをしていた。どうしても気になったから。

陽は唇を引き結び、椛の両親の話にじっと聞き入っている。自分の両親は何も言えず、ただあっけにとられていた。何が起こっているのか、理解できていないようだ。だが、双方の両親の間にはもう、暗黙の了解ができているような空気が漂っている。

それを払拭《ふっしょく》するように、陽は言った。

「お返事は、保留にさせてください」

「でも、陽くん……」

「お二人の考えはわかりました。でも、僕は椛さんの気持ちが知りたい。彼女と直接、話がしたいんです」

「それはまだ無理だ」

その時、椛は入院中だった。

「彼女も婚約を破棄したいと言うなら、そうするかもしれませんが、それもよく話し合った上で、です。とにかく、彼女と話せるまでお返事はしません」

陽はきっぱりと言い放った。その時、悠は「負けた」と思ったのだ。想いだけなら勝てる、などと思っていたなんて、なんて愚かなんだろう。悠には想う気持ちしかなかった。陽には、どんな椛でも受け入れようとする覚悟があったのだ。

家に帰ってきたら、もう話が始まっていたので、椛の具体的な病名はわからない。だが、全部聞かなくても、深刻な病状なのは確かなようだ。

「そうですか。入院……」

ぶたぶたまでもがしゅんとしてしまう。

「すみません、暗い話でしたね……」

「いえいえ、それはいいんですけど……もう退院はされたんですか？」

「あ、はい。今は退院して、親戚の家にお母さんといるみたいなんですけど、兄には会ってないんです」

「どうして？」

「わかりませんけど……もう一度、『婚約は解消する』と向こうの両親から話があったっきりです」

「そうですか。お兄さん、つらいですね」

「直接、椛さんと話せないことが一番堪《こた》えるみたいですけど」

「もしかして……連絡つかないんですか？」

「ケータイの番号を変えてしまったようなんです。友だちにも連絡していないし、自宅に電話しても留守電のままだし。そこには本人がいないから行っても会えないんですよ」

それを聞いたぶたぶたが、腕を組んでうなっている。

「どうしたんですか、ぶたぶたさん？」

「うーん……」

こんなにしわだらけのぶたぶたを見るのは初めてだ。青筋立てて怒っている人っているけれども、そんな感じなのだろうか……。怒っているようには見えないが。

「あの……わたしは彼女――椛さんに、ぜひアップルパイを食べてもらいたいんですよ」

「それは僕も思ってますよ。彼女、甘い物がほんとに好きなんです。こんな状況でも、あのパイを食べれば、少しは元気になるかもしれない。でも、もう誘えないかも……」

陽に会いに家へ来る椛のために、彼女の知らないケーキを仕入れるのが楽しみだった。自分が買ってきた甘いケーキを頬張って、幸せそうな顔をしている椛を見るのが好きだったのだ。その時は、彼女にこんな悩みがあるなんて知らなかった。ずっと苦しんでいたのかもしれないのに、勝手に想いを寄せて、一人で盛り上がって――バカみたいだ。

「あの時は食べられなかったわけだし――わたしは、ごちそうしたいんです、彼女に、あのパイを」

そう言うとぶたぶたは、携帯電話を取りだした。小さいケータイだったが、それでも身体の三分の一くらいありそうだ。

「すみません、ちょっとだけ失礼します」

そのまま無言になったので、メールか。ケータイの画面を手でせっせと拭いているようにしか見えなかったが、しばらくそのまま、悠は待った。ふいにぶたぶたの持っていたケータイが震える。スツールから落ちるんじゃないかと思うくらい、こちらにも振動が伝わってくる。

メールの文面をうなずきながら読んだぶたぶたが、こっちを向く。

「小野寺さん、来週の水曜日の夕方って、空いてますか？」

「え、別に何もないけど」

何で突然？

「じゃあ、水曜日に来てください。梳さんを連れて」

「えっ⁉」

ぶたぶたが持っていたケータイをこちらに見せる。


約束のこと、憶えていてくれてありがとう。来週の水曜日、午後四時頃なら、平気です。

前に待ち合わせたところで待っていると、悠くんに伝えてください。　梳

「えっ、どうして⁉」

陽すら梳と連絡がつかないと嘆いていたのに！

「ケータイが変わったと、連絡があったんです」

いつの間に番号やメアドの交換をしていたんだろう……。あの時？　いや、それは無理だろう。そのあと、二人は会ってたのか？　なぜ？　約束って何？

「連絡があったのは、その時だけですよ」

答えになっているようでなっていない。

「だから、何も起こっていないと思ってたんですが、何も起こっていないのなら、それすらもないはずですよね」

「ほんとに会えるんですか――？」

悩んでいるヒマはない。何だかわからないが、チャンスではある。

「ええ、多分。ああ、彼女をここに招くのは、わたしですから。小野寺さんはお連れの方とご自由にいらしてください」

ぶたぶたの言葉に、悠はあやつり人形のようにうなずいた。早く家へ帰らねばっ。

当日、少し早めに駅で待つことにした悠だが、どうも落ち着かない。椛はちゃんと来てくれるだろうか。やっぱりいやになって、やめてしまうのではないか、とばかり思ってしまう。

「悠くん」

びくりと身体が震える。小さな声だったが、彼女のものだ。

振り向くと、一回りくらい小さく見える椛が立っていた。やせた。すごくやせている。髪が短くなって、なぜかメガネをかけていた。似合っていたけれども。

「ごめんね、待った？」

時間は午後四時二分前だった。

「いや、今来たところ」

本当は三十分前からいたのだが。

「ごめんね、連絡もしなくて」

椛はまた謝った。

「いや……大変だったんでしょ？」

「うん、まあ……」

言葉は濁すが、声やしゃべり方ははっきりしていた。

「けど……来てくれてうれしいよ。ぶたぶたさんも待ってるから」

「う、うん……楽しみ」

ぎこちないが、店に行く間も何とか会話は続く。「やっぱり帰る」と言われたらどうしよう、とまだ思っていたが、そんなこともなかった。

だが、店のドアを前にして、椛が少し緊張していることに気づいた。あの時のことを思い出しているのだろうか。自分の無力さを思い知る。

「大丈夫だよ、椛さん」

それくらいしかかける言葉が見つからない。椛がうなずいてくれたので、よかったけれども。

悠は鍵を開けた。ドアが開く。

店の中には、ぶたぶたが一人。カウンターの上には、もうアップルパイが出してあった。

「いらっしゃいませ」

椛がおそるおそる店の中に足を踏み入れる。悲鳴をあげる気配はない。緊張したままではあるが、あの時のような異様な雰囲気はなかった。

「お待ちしておりました。どうぞ」

椛が座るのを待って、悠も座った。店内をきょろきょろと見回す彼女が何だかあどけなくて、ちょっと笑みがこぼれる。

「ご注文は？」

ぶたぶたに声をかけられて、椛はまっすぐ正面を見る。ぶたぶたをじっと見つめていた。悲鳴は出なかった。

「あの……カフェオレ、と、アップルパイをください」

「小野寺さんは？」

「本日のコーヒーとアップルパイ、ください」

「はい、かしこまりました」

そう言って、ぶたぶたはいつものとおりにコーヒーをいれる。椛にとって、初めて見る光景のはずだ。案の定、釘付けになっている。その目の輝きに、悠は思わず笑みをこぼす。

カフェオレとコーヒーを出して、アップルパイを切り分ける。少し大きめなのを、椛の方に出した。

「おいしそう……」

椛の瞳の輝きは、ますます増しているように見えた。

「サービスのアイスクリームです」

高脚の、昔ながらのアイスクリームの器とスプーン。ウェハースも添えてある。

「一緒に食べるの?」

「ご自由にどうぞ。これも手作りですから」

悠はアイスを一口すくって、舌に載せる。さっぱりとした口溶けで、あんまり甘くない。キャンプで作ったアイスクリームを思い出した。

椛は、アップルパイをまずそのまま食べていた。とろとろのソースとフレッシュなリンゴの歯ごたえに、目を見開く。

「おいしい……食べたことない……」

アイスを載せて食べたり、ソースだけをアイスにかけて食べたり、といろいろな食べ方を楽しむ。それだけ見ていれば、昔に戻ったように見えた。

いや、その時の彼女と今の彼女、どちらが本当の椛なのだろう。

昨日、陽が言っていた。

「椛は、ずっと一人で病気と闘ってきたんだ」

本当に小さい頃から、誰にも相談せず、秘密にしてきた。それによって悪化したことも否《いな》めないという。

「小さい子供だって、いっぱしの秘密を持つ」と風子が言っていたのを思い出す。椛は最初から、忘れられない秘密を持たざるを得なかったのだ。

「俺は、彼女が病気のことを打ち明けてくれるのを待ってた。婚約したくらいなんだし」

兄は、彼女と出会った頃から、薄々気づいていたらしい。

「でも、待つ必要なんてなかった。俺から言えばよかったんだ。彼女の望みどおり、知らん顔なんてすべきじゃなかった」

周囲に悟らせないため、どれだけ彼女は無理をしてきたんだろうか。それを思うと、無邪気にはしゃいでいた昔の彼女が戻ってきたと喜ぶことはとてもできない。

それでも、「おいしい」とうれしそうに言う彼女は、昔も今も変わらない、と思いたいのだ。

パイをたいらげ、カフェオレボウルが空っぽになった時、ようやく椛は笑った。ほんの少しだけれども。

「おいしかった……」

そうぽそりとつぶやく。

「そう言っていただけて、わたしもうれしいです」

ぶたぶたの声も、ほっとしているように聞こえる。

「ぶたぶたさん……あたし、ちゃんと見られるようになりました」

突然、椛がしゃべりだした。

「どうしてあんなものが見えてたのか、少しずつわかったの」

ぶたぶたは何も言わなかった。悠も口をはさむことができない。

「でも、あんまり今、良くない……。まだどうしたらいいのかわからないの」

「当たり前じゃないですか、そんなこと」

ぶたぶたの言葉は、きついように聞こえたが、点目は優しい。

「そんなに簡単にわかったら、みんな秘密なんか持ちません」

ああでも……秘密は変容していくものなんだ。自分の秘密がなくなっていったように。

「秘密を持ってなかったら、ここに来られなかったんだよ、椛さん」

悠の言葉に、椛は目を見開く。

椛がいなかったら、悠はここにいなかった、とはとても本人には言えないが、少なくとも椛自身の秘密がぶたぶたに引き合わせたのは確かなんだから。

「そんなに悪くないって」

失ったものばかりじゃないのだ。それを椛は知っているんだろうか。

「――椛」

兄の声がした。いつ入ってきたのだろう。全然わからなかった。

「陽……」

椛の声は、震えていた。

来ることはわかっていたと思う。誰よりも、陽に会いたかったはずだ。そんなこと、自分も承知していた。

「椛さん、兄貴とちゃんと話してよ」

悠の言葉に、彼女は潤んだ目を揺らした。

「椛。俺と一緒に帰ろう」

椛は陽を見上げて、こくんとうなずいた。婚約者の差し出した手を、彼女は素直に取る。

その仕草も、変わっていないように見えた。

兄は、ぎゅっと彼女の手を握り、そのまま店を出ていこうとする。

「ぶたぶたさん……」

椛が振り返り、ぶたぶたを呼ぶ。

「アップルパイ、ごちそうさま」

「いえいえ。どうか幸せになってください」

椛が顔をほころばす。見たことのない笑顔だった。同時に涙が一粒、転げ落ちる。

「今、幸せだと思ってるの……おいしかったし、陽に会えたから」

そのまま、陽に顔を向ける。兄の顔が、泣きそうに歪《ゆが》んだ。

椛は、婚約者に肩を抱かれ、店を出ていった。

そのまま、店内には沈黙がおりる。ぶたぶたは何も言わないし、悠もうつむいたまま、動かない。湯の沸く音だけが、しゅんしゅんと響く。

どのくらいいたったか、突然ドアがバタンと開いた。二人して飛び上がる。

「鍵がかかってないじゃない！」

風子だった。

「いらっしゃいませ」

「下で会ったよ。呼び出されたから何かと思ったら」

「え……？」

会ったって、椛のことだろうか。

「『あたしのこと、幽霊に見えますか？』って。いったい何なの!?　あたしにもう一度恥をかかす気!?」

風子の剣幕に、ぶたぶたはまったく動じていない。

「何て答えたんですか？」

「見えなかったから『見えない』って答えたよ。そしたら、そのまま男の人の車に乗って行っちゃった。どういうこと？」

「彼女のこと、憶えてます？」

「憶えてるよ！　けどね、別人だと思ったんだよ。同じ人には見えなかった」

「ちょっと待って。話が全然見えないよ～！」

悠の悲鳴に、風子も同調する。

「何でぶたぶたさんが、あたしの失態を知ってるの!?」

二人の詰問にも、ぶたぶたはなかなか答えてくれなかった。

「とりあえず、アップルパイを食べますか？」

「食べる！」

風子は間髪を入れず答えたが、悠はちょっとだけ、しばらくはこのパイを食べるとつらいなあ、と思っていた。


結局、椛と陽の婚約は解消されなかった。が、式は延期というか、時期を見て籍だけ入れることになり、双方の両親も渋々それを承知した。

一番驚いたのは、陽の海外赴任がなくなったことだ。椛はそれにこだわり、どうしても婚約を解消すると言ってきかなかったらしいが、陽が何とか説得した。

「一応、出世の近道ではあるんだけど——別にそんなに興味もないから。椛と日本でのんびり暮らす方がいいかなって」

二人はこれから椛の闘病のため、一緒にがんばっていくのだ。悠ができることは、陰ひなたになって二人を応援していくこと。

「それから、椛さんにアップルパイをごちそうしてあげること」

それだけは、兄にもできないことだ。ここの会員は自分なのだから。

「あ、森泉さんが持ってきてくれましたよ」

ぶたぶたが差し出したのは、『突撃シンドローム！』の最新刊。表紙をめくると、何と作者・伊万里ただしのサインと彼女のサインが二つ並んでいた。「小野寺悠さまへ」とちゃんと書いてある。古本屋に絶対売れない。いや、もちろん売らないけど。

「伊万里さんとぶたぶたさん、まだ会ったことがないんでしょ？」

「ええ、森泉さんもまだ何も言っていないみたいですけど」

「……あまり内緒にしすぎない方がいいって言っといてください」

「そうですね……言っておきましょう」

最初にここに来たのは冬だったのに、もう春だった。そろそろ桜が咲きそうだ。

そういえば、もう何回もぶたぶたに会っているけれども、この店の外では見たことがない。

「ぶたぶたさん、お花見に行きませんか？」

我ながらいい提案だ！　でも、もし「ここからは出られない」なんて言われたら――。

「あー、いいですね。みんなで行きましょうか」

あっさり。

「……みんなって？」

「森泉さんご夫妻とお友だちと、小野寺さんとお兄さんと椛さんと、オーナー」

「……なんか微妙なメンバーじゃありません？」

特にオーナーが。どうもあの人は、うさんくさい雰囲気がするのだ。

「じゃあ、森泉さんと三人で行きましょうか。お弁当作っていきますから」

「ぶたぶたさんが？」

「ええ」

「作れるの⁉」

ケーキだけじゃなく⁉

「何でも、好きなもの言ってもらえれば作りますよ」

「じゃあ……オムライス作ってください！」

「それって、お弁当じゃありませんよね？」

「う……確かに」

「今食べたいものを言っただけですね」

「そうです」

もう夕方なので。お腹空いてて。

「まあでも……久々にオムライスなんて作ってみたい、と今思いましたよ」

「久々、ですか？」

「そうです。昔は別の喫茶店で鍋ふるってましたから」

ますますこの人は、謎だ。

「ナポリタンも作ってください」

「はいはい」

アップルパイやコーヒーだけじゃなく、料理もおいしかったらどうしよう。いや、多分おいしいんだろうけど。

「それより、お弁当のことを考えてくださいよ」

「じゃあ、森泉さんも呼びますか。本のお礼も言いたいし」

ケータイの数度の呼び出し音のあとに、

「何っ⁉」

という風子の元気な声が聞こえてきた。

あとがき

お読みいただきありがとうございます。

一年と数ヶ月ぶりのぶたぶたです。

いつも悩むあとがき、今回ネタがいっぱいあるぞ！　と思っているのですが、ありすぎてどこから話を始めたらよいのやら、と思っております。

まあとにかく、今回の〆切はモロに引っ越しとかぶっておりました。引っ越し——もう永遠にしたくない。

しかし、今年の私はひと味違います。何と本をいっぱい処分したのです！　勢い余って捨てちゃいけないものも捨てちゃったようにも思いますが、もう気にしないっ。完結していないマンガも、あんまり長くて前の方はもうどうでもいい奴とかは、最新二巻くらい残して処分ですよ。もう、バッサバッサとやりましたよ！

そしたら、新居に作ってもらった作りつけの本棚、スカスカになってしまいました……。すんごい、これからいっぱい入る！　と思ったのもつかの間、どうもCDを入れないといけないらしい……。DVDも入れないといけない？　ゲームソフトも入れないとダメですか……？

どうも本だけ入れればいい、という状況ではないようです。あれー？

本棚に入るものはまだいいんですが、入らないものをクローゼットにどう納めるか、というのも私の目下の悩みです。まるでテトリスか倉庫番をしているような気分。どうせならそろった列、消えてくれればいいのに、と思うくらい量があるのです……。

しかも、巨大なぬいぐるみたちもいて、この子たちはどうにも捨てられないし……ただでさえ、ベッドの上にまで浸食――いえ、同衾《どうきん》せざるを得ないというのに。

けど、なつかしいものもいっぱい出てきましたよ。ぶたぶたのモデルになったモン・スイユのショコラの旧Sサイズや、ショコラのデザイナーさんからいただいた特大の黒いぶたぶた、さらにデザイナーさんに頼んで作っていただいた限定百個の白いぶたぶた（のうちの二つ）！　これらはレア物です。黒いぶたぶたは一点もの。手作りだと思われます。家宝ですね。

白いぶたぶたに至っては、素材は旧ショコラと同じものなのですが、ショコラはそれをわざわざ染めて使っていたそうなのです。直接工場に頼んで作ってもらう際、百個単位での染色はかえってコストがかかるということで、白いまま作ってもらいました。百個のうち、いくつかはファンの方たちの手に渡りましたが、今どうしているんでしょうかね、白いぶたぶた。

ぶたぶたに関しては、『ぶたぶた』単行本版で使った白黒写真なんかも出てきました。なかなか雰囲気いいので、写真立てに入れて机の上に飾ろうかしら、と思ったりしています。

ぶたぶたとは関係ないけど、使っていない絵葉書もいっぱい出てきたのです。使おうと思っているのですが、使えないものもあったりして。そういうのも日替わりで飾るのはどうだろう、と思っていますが、その前に片づけですよ。私の部屋の真ん中には今、某ゲームキャラのグッズが入った衣装ケースがタワーのようにそびえたっているのです。店の在庫かよっ、という感じです。これをどうにかこうにかクローゼットに押し込めない限り、机の上に写真なんか飾っていられないのですよ。

地獄のような引っ越し当日と夏の暑さに関しても書こうと思ったのですが、なんかもう、思い出したくない、というのが本音です。朦朧《もうろう》としたまま、今になってしまった気がする……。よく間に合ったな、原稿。本当にごめんなさい、関係者の方々……。

それから一つお知らせですが——ここで言っていいものかわかりませんけど、今月、このぶたぶたと一緒に出た光文社文庫〈異形コレクション〉『ひとにぎりの異形』に、私のショートショートが載っています。ぶたぶたではないのですが、久しぶりに書いたショートショートなので、おヒマがありましたら、ぜひお手にとってください。タイトルは、「ウミガメの夢」です。

ぶたぶたの〆切と同じだったわけですが、短いからって片手間で書いたんじゃないですよ。長い物語とショートショートって、思考する場所が違うんじゃないかってくらい、書き方違うので、大変でした……。でも、楽しかった。短い変な話、もっと書きたいな、と思いましたよ。

ああ、アップルパイとか喫茶店とかオムライスとか、そういうのも書こうかと思いましたけど、なんか枚数が中途半端になってしまいました。

足りない分、ブログ用のあとがきを書くつもりでおりますので、見られる方はどうぞいらしてください。公式サイト（って単に自分で作っていたってだけですが）は閉鎖する予定ですが、ブログに活動が移るだけですので。

URLは http://yazakiarimi.cocolog-nifty.com/ です。携帯電話でも見られます。

それでは、また。

二〇〇七年晩秋　矢崎存美

光文社文庫

文庫書下ろし

ぶたぶたと秘密《ひみつ》のアップルパイ

著者　矢《や》崎《ざき》存《あり》美《み》

2007年12月20日　初版1刷発行

発行者　駒　井　稔
印　刷　萩　原　印　刷
製　本　榎　本　製　本

発行所　株式会社　光　文　社
〒112-8011　東京都文京区音羽1-16-6
電話 (03)5395-8149　編集部
8114　販売部
8125　業務部

ISBN978-4-334-74349-9　Printed in Japan

お願い　光文社文庫をお読みになって、いかがでございましたか。「読後の感想」を編集部あてに、ぜひお送りください。

このほか光文社文庫では、どんな本をお読みになりましたか。これから、どういう本をご希望ですか。

どの本も、誤植がないようつとめていますが、もしお気づきの点がございましたら、お教えください。ご職業、ご年齢などもお書きそえいただければ幸いです。当社の規定により本来の目的以外に使用せず、大切に扱わせていただきます。

光文社文庫編集部